LA TÊTE À TOTO

Conceptrice-rédactrice puis comédienne, Sandra Kollender met sa carrière entre parenthèses en 2003 pour
s'occuper de son fils, alors atteint du syndrome de West.
Elle partage actuellement son temps entre les nombreuses
rééducations et la scène.

SANDRA KOLLENDER

La Tête à Toto

STEINKIS

ISBN : 978-2-253-17665-7 – 1re publication LGF

Merci à Thalia, Fred et Laurence
pour leur précieux regard (mais pas que),
merci à Sébastien pour Z (mais pas que),
merci à Carine et Robert pour leur patience
et leur indulgence (mais pas que).
Merci à Bertil pour tous ces mercis.
Merci à Madame Pauline Carton
de la part de qui vous savez.
Et merci à ma Maman chérie,
bien qu'elle m'ait mise au monde.

Je m'appelle Anna, je suis au bord de mes trente-sept ans et de pas mal d'autres choses. J'ai des diplômes vraiment très impressionnants. Si vous voulez les voir, ils sont quelque part au fond d'un carton.

Pour gagner ma vie je parle dans un micro.
Je suis la voix complètement hystérique de bonheur qui vous explique à quel point la soupe ortie-soja-potiron est délicieuse et idéale pour votre transit madame, et celle dominatrice et sexy qui vous annonce la baisse fulgurante et forcément à saisir des abonnements aux chaînes câblées monsieur.
Parfois on me voit en entier : quand je fais la belle à la télé par exemple. Dans ce cas, je dois passer par la case casting.
Après avoir attendu 254 heures sur un bout de canapé, je me présente face à la caméra. Je montre ma face, mon profil et mes mains, ensuite, je dois marcher vers le fond du studio pour faire bouger mon corps, façon polie de dire mon cul.

Et c'est après que je me régale.

« Oui alors Anna, tu vois cette chaise à roulettes ? Oui ? Super. Eh ben c'est ton chien. Tu vois cette table ? Oui ? Super. Eh ben c'est ta voiture. Alors maintenant tu cours après ta chaise-chien qui est un peu foufou pour le faire entrer dans le coffre de ta table-voiture. T'as compris ? Action. »

À l'intérieur je me félicite chaleureusement d'être allée jusqu'en CM2 et d'avoir du vocabulaire. Chien, chaise, table, voiture, ça va je connais tous les mots, je vais m'en sortir. À l'extérieur je dis « ouiiii » avec un sourire radieux et je me concentre pour entendre le bruit du coffre qui claque et des oiseaux qui chantent. Sinon, je peux aussi manger des céréales sans bol ni cuillère et trouver ça absolument divin. Etc. Etc.

Quand il s'agit de prouver que j'ai la plus belle voix du monde, c'est différent.

Mon casque sur la tête comme une couronne, je suis assise dans une cabine insonorisée, et de l'autre côté de la vitre il y a tout un simili public qui semble me trouver géniale. J'enchaîne les variations sur le thème de la gambas de Madagascar et l'assistance se pâme sur ma créativité. Jubilation, mon égo s'envole. Un moment de joie superficiel et autosuffisant. Ça me va. Malheureusement, je ne suis pas tous les jours en studio.

Heureusement, j'ai une vie passionnante. J'ai des hobbies cool pour occuper mes journées. Alors dans un élan quasi humanitaire, j'ai décidé de les partager ici même avec mon prochain. À condition que mon prochain ne soit pas analphabète ou aveugle. Ou les deux.

Car oui, bien caché derrière l'infini glamour de la gambas, mon karma est un des plus moisis que j'aie croisé récemment. Une rareté. Le genre à être exposé au musée. Évidemment je mets de côté les SDF, les malades du sida, les gars qui bossent aux péages, les lépreux et les sympathisants de Marine Le Pen. Sans oublier nos chers aveugles analphabètes. Amen.

« T'exagères. C'est pas vrai. T'as pas toujours eu la poisse », pourraient dire mes amis de longue date. Effectivement.

Jeune adolescente, je sortais tout le temps, je galochais beaucoup, et je me faisais larguer en permanence. Je mourais de tristesse à chaque fois bien entendu, puis je retombais éperdument amoureuse. Des blonds à mèche, des roux à frisettes, des bruns en Best Montana… Il semble que j'avais déjà le cœur solide.

J'ai bien rigolé. J'en ai bien profité.

Je sortais en boîte avec des jupes tellement courtes, que je me demande encore comment mon père acceptait que je franchisse le seuil de la maison. J'étais maquillée comme un porte-avions de guerre mais ma mère trouvait que j'étais la plus belle de tout le quartier. Ce qui est déjà une performance sachant que j'habitais dans un groupe de sept immeubles, comptant en moyenne onze étages chacun, avec au minimum cinq appartements par étage. Faites le calcul. Ça fait déjà beaucoup de concurrence.

Récemment j'ai retrouvé une boîte pleine de lettres vieilles d'il y a plus de quinze ans. Des mots de ma mère hystérique parce que « tu n'es pas encore rentrée !!!! Il est 3 heures du matin !!!! Ça suffit, c'est pas un hôtel ici, je bosse moi petite merdeuse… ».
Mais aussi des lettres d'amour enflammées, des poèmes incompréhensibles et même mon nom en calligraphie chinoise sur du papier jauni façon parchemin. Un délice.
Le problème c'est que je suis incapable aujourd'hui de mettre un visage sur ces signatures. Que l'adolescence est cruelle.

De l'université, je garde un souvenir ému du BDE, des couloirs et des cars pour partir au ski avec les 699 autres étudiants alcoolisés ou herbisés, ou les deux.
Impeccable. Il y a des guerres, des famines, mais je m'en fous. Moi ça va.

À vingt-quatre ans, ça commence à déraper.

Premier contact
avec Jo l'Embrouille

J'AI UN AMOUREUX.

Je suis en stage dans une agence de pub.

Je le rencontre comme ça, tout doucement. Entre deux maquettes. Lui au service juridique. Moi à la « créa ». Une totale mésalliance dans ce monde où les génies de la création ne se commettent que très rarement avec les « commerçants ». Mais ça nous fait plutôt rire.

Il habite au 6e étage sans ascenseur, et chaque marche que je grimpe élargit mon sourire. J'ai ma brosse à dents chez lui. On achète une housse de couette avec des anges dessus. De la vaisselle chez Casa aussi. Bleue et blanche avec des petites fleurs des champs ici et là... C'est la première fois que je vis une longue et belle histoire avec un homme amoureux. C'est aussi la première fois que je dors si souvent en dehors de chez mes parents. J'ai presque l'impression d'habiter avec lui. On s'aime. Avec de l'amour dedans et sans rien autour.

Il m'invite dans sa famille à Noël, chez ses amis en week-end. Nos emplois du temps se répondent. Il est sur toutes mes pages, je suis sur toutes les siennes. On part en vacances. On marche sur les canaux gelés d'Amsterdam. On fait de ce moment rare une très belle photo. Un très beau souvenir.

Et puis bizarrement il change. Il n'est plus lui. Déprimé, ramolli, sans énergie, plaintif.

Ça m'énerve. Je le secoue, je lui parle mal au téléphone. Il raccroche en pleurant.

Silence.

Ça m'énerve encore plus. Un homme c'est un Homme. Et un Homme ça ne pleure pas.

D'accord il avait mal à la tête il y a deux semaines, mais on est allés à l'hôpital et ils n'ont rien vu. Alors quoi ? C'est quoi cette attitude ?

Je le retrouve à la Salpêtrière après une semaine sans nouvelles. Il est extrêmement maigre, il a de la barbe, il ressemble à Jésus, il ne bouge pas. Il est dans le coma. Le cerveau foudroyé par une tumeur perfide et sournoise. Silence encore.

Je reste avec lui, j'attends qu'il respire.

Il respire. J'attends encore.

Il respire.

J'attends encore. Un... Deux... Trois... Quatre... Cinq... C'est très long.

Il respire.

J'attends encore. Je fixe sa poitrine comme pour la soulever à la force de mon regard. Je fixe, je fixe, je fixe. J'attends, j'attends, j'attends.

Sa poitrine se soulève. Un peu. Mais il a respiré.
Et moi aussi. C'est reparti.
J'attends encore. C'est long, très long, infiniment long. Les minutes s'étirent comme jamais.
Mais j'y crois. Je crois au pouvoir de mon
regard. Je fixe sa poitrine. Je ne vois plus qu'elle.
Tu vas respirer ? Respire !
Respire !
Respire !
Pourquoi tu ne respires plus ? Reste avec moi.
Je suis obligée de le quitter des yeux pour aller
voir les infirmières. Et s'il respirait sans moi ?
Comment le laisser seul ?
Madame, il ne respire plus ! Il ne respire plus.

Je suis désarçonnée. Je ne sais pas comment
faire.
J'ai peur de le secouer pour le remettre en
marche.
Un mort c'est très impressionnant. Même un
mort dont on connaît chaque partie du corps
par cœur. Il est tout jaune. Comme de la cire. Ce
n'est déjà plus lui. Je veux remonter le temps. Je
refuse de reculer devant cette barrière invisible
et froide qui se dresse peu à peu entre nous. Je le
garde. Il est encore à moi pour quelques heures.
Je l'enlace comme pour le protéger. Les autres
ont échoué. Je pose ma tête doucement contre
lui.
Je n'entends rien. Bizarrement ça me surprend.
Alors je cherche. Mais non. Rien.

C'est plus que surnaturellement étrange de ne rien entendre. Même un sourd peut sentir les battements d'un cœur. Mais le rien ? Le vide ? Un corps avec rien dedans. Je ne comprends pas.

Je ne comprends pas non plus comment on peut apprivoiser cette peur en si peu de temps. Comment l'amour dépasse si facilement cette immobilité froide. Comme il nous est nécessaire d'avoir encore un contact tendre alors que l'autre n'est déjà plus là.

Aujourd'hui encore ce concept creux m'échappe.

Les images et les odeurs se fixent à jamais en moi. Ces odeurs…

L'odeur de l'hôpital, mêlée à l'odeur de l'eau d'Elancyl que sa mère lui mettait sur le corps pour le rafraîchir.

J'imagine son âme qui vole dans la pièce et qui nous regarde. J'imagine qu'il ressent la douceur de mes mains et de mes pensées. Je crois encore que je suis dans un film. N'importe quoi.

Depuis ce jour, je ne peux plus poser mon oreille sur une poitrine vivante. Le bruit d'un battement de cœur me dérange.

Immédiatement le linge blanc sur la petite fenêtre de la porte. Tête sur le côté de tous ceux qui franchissent le seuil de la chambre, air désolé des infirmières. Trop de monde dans la chambre. Valse des amis et de la famille, choix des habits, des fleurs, de la pierre.

Mon agenda est devenu brusquement très vide. De vie et de sens. Impossible d'envisager mon temps sans lui.

Un de nos amis a placé la photo d'Amsterdam dans la poche de sa dernière chemise. Moi je ne pouvais pas. Un peu mauviette à l'époque. Mais quatorze ans plus tard, d'une certaine façon, je suis encore contre son cœur qui ne bat plus, et ça me fait quand même plaisir. Une mauviette toujours un peu fleur bleue en somme.

Je pense à lui souvent. Je pense d'abord à son prénom, au W de son prénom, à son visage, à ses cheveux, à ses orteils, à son pull irlandais, à ses grosses chaussures, et à une chanson de Cindy Lauper. Puis vient tout le reste.

C'est bizarre la mémoire.

J'avais vingt-quatre ans et ce jour-là, une page s'est tournée. Disons que j'ai grandi d'un coup. Mais avec une jambe en moins.

Un an plus tard, j'ai rencontré celui qui allait devenir le père de mon fils.

Aaahhh, mon fils !

Gros dossier.

Jo l'Embrouille
me présente son frère :
Johnny la Poisse.
Entre nous ça colle
immédiatement

PARLONS DONC DE MON FILS.
Il est né tout maigre, avec un nez tordu et deux grosses boules à la place des yeux. Deux jolis yeux bleus que l'infirmière a décidé de noycr immédiatement dans un ravissant collyre jaune.

Moi je le trouvais très beau, mais bizarrement personne ne s'extasiait sur mon rejeton. J'ai donc eu droit au festival de la pirouette.
« Oh, Anna tu as une mine superbe, on ne peut pas imaginer que tu as accouché hier. » « Qu'est-ce que c'est petit, on oublie tellement vite quand même. » « Oh, c'est trop chou ce tout p'tit pyjama et ces tout p'tits chaussons et ces tout p'tits doigts si fins. »
Un peu comme quand on va voir un ami comédien pour lui dire à quel point on a passé une bonne soirée : « Quelle mise en scène incroyable, et alors les décors, pôpôpô, les décors… »

Et le temps passe, et son nez se redresse, et ses yeux dégonflent et moi aussi.

Ça y est, j'ai fini par ranger mon jogging et je peux enfin remettre une vraie jupe ou un vrai pantalon avec une vraie fermeture Éclair. Je ne suis plus un truc qui se déplace. Je ressemble enfin à une fille. Et moi j'aime bien être une fille. En plus, maintenant j'ai l'accessoire ultime : j'ai l'Enfant. Je suis la femme, je suis la mère, la louve, la femme suprême et bénie. Je suis enfin un soleil. J'irradie de lumière divine… Ceci dit, si je mets un soutif sur mon bide je peux encore faire croire que j'ai quatre nichons.

Nous sommes au mois d'octobre. Noé a trois mois et des poussières de lait.

C'est l'automne, la lumière est pile comme je l'aime, on se promène à la campagne. Je le porte collé contre moi dans le kangourou. Il est tout chaud. Je sens son corps, ses joues, l'odeur de ses cheveux, la douceur de sa peau. C'est assez facile d'être une maman.

Jusqu'ici tout va super.

Tellement super, d'ailleurs, qu'à la maison on fait la grasse matinée et même la sieste.

C'est un enfant qui dort beaucoup et qui ne fait pas de boucan. Une de mes copines m'a même dit : « Wouaaa, la chance Anna, il est sur mesure ton fils. Tu t'habitues mal, quand t'en auras d'autres ce sera peut-être pas comme ça. » Bien sûr.

Ceci dit, elle a bien fait de me prévenir parce que j'aurais pu refaire un enfant juste pour le plaisir d'être enceinte. J'avais l'impression d'être invulnérable. Je chantais des chansons à mon invisible bébé à qui je parlais en permanence.

Dans mon répertoire qui va de Dalida à Feist en passant par Elvis, j'avais fait de la place pour une balade de Teri Moïse qui s'appelle « Je serai là ». J'étais incroyablement impliquée pendant le refrain : *J'ai découvert qui je suis/ Tout a changé le jour où je t'ai donné la vie/ Et si jamais le monde t'est trop cruel/ Je serai là toujours pour toi...*

Je lui ai peut-être porté la poisse en dégoulinant si faux. Si j'avais su, je lui aurais massacré Cat Stevens. « Father and Son » ça annonce une sale crise d'adolescence mais au moins ça a de la tenue.

Mais j'adorais le sentir bouger. J'adorais ce lien exclusif et animal. L'idée que nous étions un univers unique, éphémère, qui n'existait qu'à travers mon corps.

Lui-moi c'était ma plus grande joie.

Dr. Maboul

EXAMEN DES QUATRE MOIS à la PMI* de mon quartier.

Bonjour madame.
Posez votre enfant sur la table.
On va voir s'il sait attraper.
Allez mon petit, attrape la girafe.
Allez, allez, allez.
Bon, il a un peu bougé la main alors on va mettre la croix au milieu, entre le oui et le non.
Bon mon petit, tu vas suivre la lumière avec tes petits yeux. Ils sont très beaux tes yeux mon garçon. Allez on y va.
Tourne la tête.
Tourne, tourne, tourne.
Bon il n'a pas tourné la tête.
Aaah, il a souri.
On va mettre une croix dans la case « sourire réponse ».
Bon madame, il va falloir surveiller votre enfant.
À part ça, vous pouvez passer au lait 2ᵉ âge.

Je n'ai rien contre les PMI. C'est peut-être très bien. Mais faut pas y aller quand t'es malade. C'est marqué dans le règlement. Quand t'es malade il faut aller voir le pédiatre. Mais comment tu sais que t'es malade si tu vas qu'à la PMI ?

Décembre.
On ne peut pas se plaindre. On fait des grasses matinées à rendre jaloux n'importe quel jeune parent. Le hic, c'est qu'on ne communique pas des masses avec notre enfant qui va bientôt sur ses six mois.
Il ne bouge pas.
Il reste dans son transat et il ne bouge pas. Ah si, parfois il tend les bras et les jambes. Ça ne dure pas très longtemps et après il dort. Il dort environ 19 heures par jour.
Il paraît que chaque enfant a son rythme. On va dire que lui il roule en mode pépère alors.

Un jour, Noé m'ayant à moitié repeint le salon à coups de geyser de vomi, je me précipite chez le pédiatre le plus proche. Il sort tout un tas d'instruments, pour les yeux, les oreilles et les genoux. Et que j'tourne d'un air mystérieux, et que j'me concentre, et que j'écris des trucs.

Tout ça pour me dire qu'il fallait le réveiller et qu'un enfant qui joue et qui court à douze ans ça se prépare. Texto, je cite l'artiste !
– Merci madame, vous me devez 80 €.
– Et pour ses vomissements ?
– Ça va passer.
– Ah ? !

Je te souhaite de pourrir de l'intérieur, de perdre la vue, l'usage de ta main droite, d'être incontinent, insomniaque, migraineux, d'être bouffé très lentement par les vers, et de souffrir atrocement jusqu'à la mort, espèce d'ignoble charlatan.

Johnny la Poisse
m'aime d'amour.
Notre mariage est célébré
à l'hôpital. On est ensemble
pour la vie.

Nous sommes au mois de janvier.
Le 5 exactement.
J'ai rendez-vous chez l'ophtalmo avec Noé, parce que c'est quand même bizarre qu'il n'arrive pas à suivre avec ses yeux qui par ailleurs sont si jolis et si bleus même si ça n'a aucun rapport.
Je lui mets du collyre. Il n'oppose aucune résistance. Plus tard je comprendrai à quel point c'est étrange.
Elle scrute le fond de son œil. Impossible de me souvenir du reste de l'examen. Seul le résultat est resté : « Madame, votre enfant a un retard de maturation de l'œil. Il y a trois causes possibles. Ça peut être ophtalmique, métabolique ou neurologique. »

Neurologique.
Le mot est lâché et le sol commence à se fissurer.

Je reprends peu à peu mes esprits, et je remets tant bien que mal mon fils, évidemment endormi, dans sa combinaison pilote. Pilote de quoi ? Il n'attrape même pas mon doigt.

Il y a des fermetures Éclair partout et je suis aussi calme qu'un vendeur de Red Bull.

Je repars vers la maison en puisant au plus profond de moi vers ce que je pensais être mes dernières réserves.

6 janvier
Rendez-vous chez le pédiatre. Un autre, évidemment.

Lumière ici, lumière là, marteau ici, marteau là. Attrape, roule, bouge… Attrape pas, roule pas, bouge pas. Essaye encore.

« Madame, votre enfant a un retard de développement. Ça peut être soit génétique, soit métabolique, soit neurologique. »

Mes jambes me lâchent.
Je suis en train de tomber, mais pour une raison que j'ignore je cherche à rester polie et digne. Il m'offre un siège. Plus exactement, un tabouret, à roulettes, avec une galette rouge. Je m'accroche à mon fils. Toujours immobile. Ma bouche s'ouvre, mais aucun son ne peut sortir.
Je ne sais plus rien. Ni où je suis, ni dans quel monde, ni si tout ça est réel. Je n'existe plus.

Je flotte dans un espace-temps complètement à part. Je ne le réalise pas encore, mais l'homme qui est devant moi vient de tuer celle que j'étais. Ma nouvelle vie va bientôt commencer.
Je vais devenir une machine.

Je sors du cabinet avec une liste d'examens longue comme le bras.
Nous sommes maintenant dans un centre de radiologie, Noé fait des séries de treize convulsions et nous attendons de savoir si son crâne ne se calcifierait pas trop rapidement.
Si, si, parce qu'en plus d'être attardé on peut aussi avoir une tête toute petite à cause des fontanelles qui se referment trop vite, ce qui fait que votre cerveau n'a pas la place de grandir comme il faut.
L'effet bonsaï si vous préférez.
Pendant que j'attends les résultats, je l'imagine avec un corps d'adulte et une tête d'olive. Mon fils va être un monstre. Voilà c'est ça. Un monstre.
« Madame, votre fils a des fontanelles magnifiques. Aucune calcification. »
Je boutonne lundi avec mardi et je sors en courant. Je ne suis que joie et champagne.
Non pas champagne. Si ce n'est pas ça, alors c'est quoi ? Mais merde c'est quoi ? Hein, c'est quoi ?

Donc nous voici chez le neurologue.

Il est environ 18 heures.

En quelques minutes le crâne de Noé est envahi par tous les élastiques, les fils et les électrodes d'un casque d'EEG*. On dirait qu'une araignée géante lui dévore la tête. Ça ne lui plaît pas du tout et pour nous signifier son mécontentement, il inonde la pièce de vomi. L'atmosphère qui était déjà bien électrique vient de passer au nucléaire.

Noé est figé. Il n'y a que son papa et moi dans cette petite pièce. Nous fixons avec insistance ce monsieur barbu qui écrit sur le tracé au fur et à mesure que se dessinent les pointes tourmentées de l'électro, comme si nos yeux avaient le pouvoir de calmer cet ouragan qui sévissait sans bruit depuis des mois et qui se dévoilait peu à peu.

L'examen est fini.

Nous sortons de la pièce avec Noé serré au plus près de nous. Dans le couloir, l'homme barbu croise le neurologue et lui fait un signe de la tête d'un air entendu et désolé à la fois.

On nous installe dans la salle d'attente. Dans la salle d'interminable attente. Noé dort, bien sûr, dans son petit couffin entièrement tapissé de papier absorbant. C'est pas très prestige mais mieux vaut ça que mariner dans un Blédichef caillé à la bile.

J'ai lu au moins deux fois tous les magazines que me proposait la petite table basse. Même les pubs de la gazette de Drouot. J'aurais lu le Bottin s'il existait encore.

Il est plus de 20 heures quand on nous prie de bien vouloir passer dans le bureau du médecin. Une fois installés, il a fait vite. Comme les bons bourreaux.
« Je ne vais pas vous mentir. Ce n'est pas bon. C'est grave. »
Depuis quelques années, va savoir pourquoi, j'avais perdu de vue Mme Glioblastome, la tumeur très chic et efficace qui était partie avec mon amoureux. Remember ?
Je voyais mon fils bientôt tout mort et tout jaune.
La tête me tourne. Les joues me piquent. J'ai chaud, j'ai froid. Une bombe vient de ravager l'intérieur de mon corps statufié.

Le couffin de Noé est posé à nos pieds dans le bureau. Je regarde mon bébé comme une chose inerte, un corps qui respire provisoirement, et non plus comme un enfant. Il est là, c'est tout.
Je suis présente, physiquement. C'est tout.
Que vient-il de se passer ?
C'est étrange comme le corps peut parfois s'extraire du monde. Il y a la vitesse de la planète, celle qui conduit les animaux, les plantes, et tous les autres êtres inconscients de la foudre qui

vient de tomber. Ils continuent à vivre, à rire, à marcher. Ils ne savent pas. Ils sont préservés. Et puis tout à coup, il y a vous. Détachée, immobile, hébétée.

Il nous montre un livre de médecine.
« Vous voyez, ça c'est le tracé type de ce que l'on appelle le syndrome de West. Et ça c'est le tracé de votre fils. Comme vous pouvez le constater, il n'y a pas de doute possible. C'est le même. »
Je regrette d'être déjà morte chez le pédiatre. Je ne sais plus quoi faire de moi.

Il nous explique que nous avons de la chance. Youpi.
Le meilleur service d'Europe concernant cette maladie est à Paris. Il nous explique aussi qu'il s'est occupé de tout. Noé a un lit qui l'attend dès demain.

Il nous tend une ordonnance.
Pour la première fois, je vais prendre un calmant. Je n'ai même pas la force de demander si on peut le soigner.

7 janvier
Service du Pr. Marais

Hôpital Saint-Vincent-de-Paul

C'est horrible, c'est immonde, c'est d'une cruauté parfaite. Le bâtiment de neuro est juste en face de la maternité.

Il y a six mois, j'étais juste en face et j'accueillais Noé comme une promesse d'avenir et de bonheur. Il jouerait au rugby et au golf avec son père, il serait espiègle et je le raconterais à toutes mes copines. Il me ferait les plus beaux colliers de nouilles, il me raconterait des blagues Carambar, on ferait du ski, du vélo, des balades à la Mare aux Fées...

Mais non.

Ici pas de mines ravies, l'air n'est ni léger, ni parfumé au Mustela. Il n'y a pas de maman en chemise de nuit qui déambule avec l'air fatigué de celle qui a veillé son bambin amoureusement toute la nuit.

Ici, les têtes sont basses, l'air est lourd et sent le désinfectant. Les mamans ont juste enfilé ce qu'elles ont trouvé le matin avant de courir à l'hôpital. Et ce, quand elles ne sont pas restées là, pour veiller leur nourrisson avec autant d'amour que d'angoisse.

Ici pas de bracelets de naissance au poignet, mais des embouts de cathéters sur le dessus de la main, et partout où la veine est « belle ».

Nous sommes dans cette chambre, égayée par un Bambi flétri mais souriant, mon fils est étendu dans un lit en fer à barreaux, relié à une grande perfusion. Les blouses blanches pro et futures pro observent le cas allongé là, défilant pour soulever ses jambes, ses bras, ses paupières, et me posant toujours les mêmes questions. Il y a même une femme qui vient le photographier sous tous les angles pour « répertorier les stigmates ». Il va refaire un électro mais aussi un scanner et tout un tas d'examens.

Mon enfant, impuissant, devient soudainement un numéro de dossier. Un cas médical.
La seule chose qui me rapproche encore du bâtiment de maternité, c'est le savon à la glycérine.
Il sent bon.

J'occupe mes mains. Ça m'évite de penser. J'apprends donc à tricoter. Je martyrise une laine vert caca d'oie et rate consciencieusement chaque rang que je commence. Alors je défais, et je refais. Et le temps passe. Lentement.
Les bigotes des différentes associations viennent régulièrement dans la chambre pour discuter avec moi. Elles me disent bonjour avec un petit sourire et la tête invariablement penchée sur le côté. C'est le bonjour compatissant. Aujourd'hui évidemment, je les embrasserais, mais à l'époque je les aurais bouffées avec leur badge si j'avais seulement eu la force de tenir sur mes jambes.

« Si vous avez des questions n'hésitez pas, le professeur Marais va passer dans l'après-midi. » Difficile de faire le tri.

Quand il est enfin arrivé, je lui ai posé les deux questions qui me semblaient les plus importantes à ce moment-là.

– Est-ce qu'il me reconnaît ?

C'est vrai que la communication avec mon fils est assez réduite. Il ne me regarde pas, ne me sourit pas, ne me câline pas, ne me répond pas. Il n'y a pas cette complicité écœurante que je vois partout. Dans tous les squares, toutes les poussettes, tous les salons. Mais je suis sa mère et malgré tout il y a quelque chose entre nous. Un lien animal qui veut connaître sa raison d'être ou de ne pas être.

Le professeur Marais est un géant avec une barbe blanche. À tous ceux qui croiraient encore au Père Noël, passez votre chemin, sans vouloir trahir le suspens, c'est le Père Fouettard qui s'est déguisé et qui s'est collé un badge de docteur sur la poitrine pour passer inaperçu.

Le géant me regarde avec des yeux bienveillants. Je mets ma confiance et tout mon espoir dans les bras du grand spécialiste. Je me relâche un peu.

Erreur. Il m'assomme en deux mots.

– Probablement pas.

Bam. Prends ça.

En gros, tu vois ton gamin ma p'tite dame ? Il est mignon, très décoratif même, c'est pas le problème, mais tu es une étrangère pour lui. Si tu veux, tu peux continuer à lui faire guiliguili, mais primo il ne sent rien, ensuite il s'en fout et puis en plus il ne sait pas qui tu es alors…

Je tente la bouée de sauvetage.
– Est-ce que c'est grave ?
Et là, toujours empreint de cette solennité et de cette lenteur qui suspendent le temps des grands hommes, il plante ses yeux dans les miens et prend une longue respiration avant de me dire :
– Vous savez madame, le syndrome de West, on peut en guérir et on peut en mourir.
Il me noie, d'une seule main.

Je pense que j'aurais pu le tuer.

Si c'est « probablement », pourquoi dire « probablement pas » ? Il aurait pu s'arrêter à « probablement ». Ça m'aurait suffi et il n'aurait pas menti. Quant à sa deuxième réponse, je ne sais toujours pas ce qui a bien pu lui passer par la tête.
Heureusement, c'est à ses esclaves qu'il a laissé le soin de droguer mon bébé, et je ne l'ai revu que deux ou trois fois, avant de me fâcher définitivement avec lui en 2006.
Disons qu'il connaît très bien le fonctionnement d'un corps, mais rien de ce qui l'anime.

Au bout d'une semaine d'hôpital, nous avons eu une « perm' » pour pouvoir passer le week-end en famille.

Noé dormait-vivait dans son lit parapluie qui, pour l'occasion, était planté au milieu du salon de mes parents, quand tout à coup il a levé un bras et a tenté une sorte de bref mouvement vers la droite.

Ce n'était pas seulement son corps qui s'éveillait enfin, c'était notre monde tout entier qui se remettait debout. Nous étions ivres de bonheur et d'espoir.

Un bras c'est bien, mais deux c'est mieux, alors, très vite, ils lui ont prescrit de l'hydrocortisone pour booster le traitement.

Aujourd'hui quand je regarde les photos, je me dis que j'avais PacMan dans une poussette, mais à l'époque j'étais convaincue que les gens se retournaient sur nous parce que Noé était spécialement mignon. Rien ne remplace les yeux d'une mère apparemment.

Il avait gonflé de partout. Il pesait douze kilos à dix mois. Il était devenu une boule parfaitement ronde. Si je l'avais poussé, il aurait roulé. On aurait pu raconter à tout le monde qu'il se déplaçait tout seul. Waouh quel progrès fulgurant.

Non, il était juste une boule qui ne tenait pas sa tête.
Mais attention Messieurs-Dames, une boule qui dormait moins et qui pouvait bouger les bras. Ce n'est pas rien. Pas rien du tout.

Il s'approchait doucement de la vie.

Même pas mal

SABRIL, HYDROCORTISONE, RÉÉDUCATION.
Le top départ de notre nouvelle vie est donné.

Finalement on s'y fait vite.
Le tout c'est d'avoir un bon mortier pour piler les comprimés. Le mien est tout à fait ravissant : en porcelaine blanche. So chic. J'ai l'impression de jouer à Chimie 2000. Sauf qu'après je mets le liquide très amer dans une seringue et cette seringue dans la bouche de mon fils. Moins drôle.
Je vais régulièrement à la pharmacie pour en acheter de nouvelles à cause de la graduation qui s'efface. Je vois dans le regard des autres clients qu'ils me prennent pour une droguée. Ou parfois ils se posent juste la question parce que, quand même, j'ai l'air de « quelqu'un de bien ».
C'est assez cocasse.

Les cachets sont immondes mais Noé coopère courageusement, et entre les prises je découvre qu'il a un joli sourire.

Tout va donc pour le mieux. Et puisqu'il ne faut jamais laisser passer une occasion de faire du shopping, j'ai acheté une trousse absolument ma-gni-fi-que pour transporter le matériel de survie. Encore plus jolie que celle où je range mes Tampax. C'est tout dire.

J'imagine que ça a dû aider parce qu'après six mois on a finalement arrêté l'hydrocortisone.
Adieu PacMan.
Bienvenue Noé.

Toutoutouyoutou

NOÉ A DIX MOIS. Voilà c'est tout.

C'est la totalité de ses états de services.

Noé a vaillamment atteint les dix mois. C'est une performance. On l'applaudit le plus fort possible, ce qui nous fera oublier qu'il ne tient toujours pas sa tête.

La première psychomotricienne que nous avons fréquentée m'avait gentiment prêté un catalogue de poussettes « adaptées ».

Entendez par là : avec sangles de maintien pour le buste et cale-tête pour éviter qu'elle ne dégringole sur les côtés. Connasse.

Il faut dire que son approche consistait à le caresser avec des plumes et des chiffons, et à lui souffler sur le visage pour qu'il sente son corps.

J'allais la voir deux fois par semaine. La poussette de Noé était évidemment la plus confortable du marché et donc la plus lourde. Pour sortir du parking il fallait utiliser un ascenseur où seule Kate Moss pouvait entrer, et encore, de profil. Avec la batmobile, c'était un calvaire. Puis il fallait grimper une vingtaine de marches avec la poussette à bout de bras pour arriver jusqu'à la rue. J'avais le dos en compote, mais j'étais ultra-motivée, et je n'avais ultra-pas-le-choix.

« J'utilise la méthode psycho-sensorielle », m'avait-elle dit. Moi, très impressionnée, j'avais tout gobé. Quand on est ceinture blanche de handicap on se laisse facilement berner, mais pendant que les plumes volent le temps passe, et quand on a presque un an c'est un luxe qu'on ne se permet pas.

Ne voyant aucun progrès, j'avais fini par l'imaginer en fauteuil, tête penchée, coincée par des oreillers, bandana inondé de bave autour du cou.

Et puis, un jour, bizarrement, on a eu du bol.

C'était sûrement le bol de quelqu'un d'autre, mais je m'en fichais éperdument. Si ça peut faire avancer Noé je veux bien retirer le pain de la bouche d'un Somalien.

Ce jour-là, ma cousine qui habite Toronto, parle à ma mère d'Ester Fink et de la méthode MEDEK* qui est paraît-il, extraordinaire pour les enfants comme Noé.

Hummm la méthode MEDEK. Kézako ?

Une sorte de combat contre la gravité : Noé va apprendre à développer ses réflexes et il va se muscler progressivement, par petites sections.

Quand il tiendra sa tête on passera aux épaules, puis au buste ; quand il tiendra son buste on passera à la taille, aux cuisses, aux genoux, aux chevilles et ensuite roule ma poule…
Allons voir. Au pire on rapportera un bandana.

C'est la révolution. En quinze jours il tient sa tête.
Allez hop, c'est parti.
C'est parti pour deux ans d'exercices quotidiens. Chaque matin et chaque soir, son père va le faire voltiger, tourner, se redresser… Un travail de titan.
Deux ans d'allers-retours entre Paris et Toronto pour passer à chaque fois à l'étape supérieure.
Deux ans de lutte parce qu'au fur et à mesure, Noé s'affirmait dans son corps qu'il maîtrisait de mieux en mieux.
Mais deux ans de joie parce que Noé devenait de plus en plus autonome, joueur et volontaire.

Et puis finalement on a dit au revoir à Ester.
Ce jour-là, un couple de jeunes parents attendait son tour derrière nous. Je voyais dans leurs yeux qu'ils considéraient Noé comme LE but à atteindre.
Moi je le regardais comme le major de sa promo.
Le vainqueur de la Coupe du Monde de Tout.
Lui, complètement inconscient de l'exploit qu'il venait d'accomplir, s'occupait à jouer avec leur petit garçon inévitablement allongé par terre.

Mais à cet instant, outre l'immense fierté qui m'animait, il y avait cette tristesse mêlée d'angoisse.

Comment nous séparer d'Ester ? Comment nous éloigner de celle qui a fait entrer la lumière dans cette pièce sans fenêtre ? Celle qui a offert à Noé un début d'indépendance et un possible futur ?

Je me sentais lâchée, contrainte de faire moi aussi mes premiers pas seule. Loin d'elle. J'ai pleuré dans ses bras et nous sommes partis. Heureux malgré tout.

Elle ne nous a jamais quittés. Elle suit de loin les progrès constants de Noé et se réjouit de le voir en photo dans des situations inimaginables auparavant : sur les rochers de la forêt de Fontainebleau, sur de la neige, des patins à roulettes, un vélo…

Si nous ne l'avions pas connue, on peut imaginer qu'il aurait quand même marché. Mais combien d'années plus tard ? Et dans quelle position ? Aujourd'hui quand je le vois faire la course avec ses copains, je pense à elle et mon cœur sourit.

Les voyages forment la jeunesse dit-on.

Eh bien moi j'ai réalisé pendant mes longues heures d'avion que si Noé était né dans une ferme au fin fond de la Creuse, dans une famille un peu moins informée et avantagée, il n'aurait pas pu partir à Toronto et rien de tout ça ne serait arrivé.

J'ai vu aussi le retard de la France en matière de prise en charge (peu de choix, quasiment aucun remboursement), mais surtout l'étroitesse d'esprit des nombreux rééducateurs qui refusaient de s'ouvrir aux méthodes qui ne sont pas celles enseignées à l'école.

Noé revenait transformé après chacun de ses stages de deux semaines, et pourtant aucune psychomotricienne, aucune kiné n'a voulu se former.

« Ah oui, c'est très bien. Oui vraiment, très impressionnant. Ça ressemble un peu à la méthode machin que j'utilise parfois. Bravo, il a fait de beaux progrès. Allez, reprenons où on en était. »

La France du handicap est comme ça. Méfiante, conservatrice, vieillissante. Attentiste.

Mais nous, on n'a pas le temps d'attendre. Notre enfant a déjà passé les dix premiers mois de sa vie à hésiter entre être ou ne pas être. Maintenant qu'il a choisi, on arrête de se poser la question et on fonce.

Tableau noir

Tous les enfants doivent aller à l'école. Et mon fils doit faire comme tous les enfants.
Y'a pas de raison.

Il aurait dû entrer en maternelle à trois ans mais ce n'était pas possible. Du moins, je le croyais.
Pas propre, ne parlait pas, pas de motricité fine*, peu de concentration. Je n'ai même pas essayé.

Quand il a eu quatre ans, je me suis attelée à ce qui allait devenir le plus gros défi de ma vie : la scolarité.
Il faut savoir que la France est un pays formidable qui a une loi, dite de 2005, qui rend l'école obligatoire pour tous. C'est-à-dire que les écoles publiques n'ont pas le droit de refuser un enfant handicapé.
C'est déjà pas mal d'avoir une loi.
On ne va pas se plaindre.

59

J'arrive dans l'école de mon secteur.

Pleine d'espoir, ma feuille du bureau des écoles en main, prête à inscrire mon fils à la maternelle. Cette feuille représentait pour moi le sésame absolu et je l'aurais encadrée si je n'avais pas été obligée de m'en servir. J'en rêvais depuis l'année dernière en voyant passer les autres parents le matin et en entendant mes amis raconter les journées de leurs enfants.

Ça y est, mon fils va avoir une maîtresse, des copains, des copines, une cour de récré, une photo de classe...

Tout était très clair dans ma tête, mon pas était léger, confiant. J'ai fait toute ma scolarité dans les écoles de la République, c'étaient les plus belles années de ma vie. J'y croyais dur comme fer pour mon fiston.

– Moi : Bonjour madame.
– La directrice : Bonjour.
– Je voudrais inscrire mon fils en maternelle.
– D'accord.

Elle débouche son stylo et se met à écrire dans son cahier petit format.

– Alors, votre adresse ? Son nom ? Il est né quand ce petit ?
– Le 1er juillet 2002.
– Ah bon ? ! et c'est sa première inscription à l'école ?
– Oui, avant c'était impossible.

Elle rebouche son stylo.

– C'est-à-dire ?

– Il a un petit retard psychomoteur donc je n'ai pas pu l'inscrire avant.

Elle pose son stylo.

– Est-ce qu'il est propre ?

– Non, car comme je vous le disais il a un petit retard psychomoteur et d'ici la rentrée il sera certainement propre.

Elle ferme son cahier.

– Ah madame, je suis désolée mais je ne peux pas prendre votre enfant s'il n'est pas propre.

– Mais madame, il y a des AVS. (Auxiliaires de Vie Scolaire. Une rareté.)

– Aaaaah, je vois que vous êtes bien renseignée (à prononcer avec un petit sourire mi-coincé mi-embêté).

– Oui.

– Mais de toute façon madame, des AVS, il n'y en a pas et ça ne sert à rien que je fasse la demande parce que je n'en aurai pas. Je peux éventuellement débloquer un peu de temps d'un EVS.

(Arrêt sur image : un AVS est censé être un minimum formé à l'accompagnement des enfants handicapés, sur le papier en tout cas. Le produit dégriffé de l'AVS c'est l'EVS : Emploi Vie Scolaire. C'est-à-dire, une personne anciennement surveillante de cantine, agent d'entretien, gardien… dont les fonctions ont évolué pour des raisons de manque d'effectif sur ce poste.)

– Ah ! Et il serait attaché uniquement à Noé ?
– Enfin madame, vous n'y pensez pas ! Ils doivent s'occuper de tout le monde. (Et de la cantine, et du ménage, et de la porte…) Et puis vous savez, malheureusement, il y a beaucoup d'enfants qui ont besoin d'aide et on a très peu de gens formés pour s'en occuper.

À ce moment, elle me regarde droit dans les yeux et me dit sur le ton de la confidence :
– Vous comprenez madame, je ne dis pas ça pour vous mais il y a des enfants qui n'ont rien à faire à l'école. On les met là parce qu'il n'y a pas de place dans les IME*. Je ne dis pas ça pour vous bien évidemment.
Le tout avec le naturel souriant de la ménagère qui t'explique comment elle trie son linge sale.
Elle m'a assommée.
– Bon alors voyons, voyons ce qu'on peut faire.
Il y a des lois. Donc votre fils peut aller à l'école. Je vais le prendre, c'est la loi, mais madame, je ne peux pas le prendre toute la journée. Je n'ai pas d'AVS. Et pourtant c'est la loi.
Après avoir prononcé « loi » 94 fois en trois minutes, elle s'est dit qu'il fallait peut-être mettre un verbe pour que ça fasse une phrase.
– On pourrait quand même essayer de faire une demande ?
– Non ça ne sert à rien, on n'en aura pas.
Bon je vais prendre votre enfant, c'est la loi. Dans un premier temps je vous propose

l'après-midi, en petite section. Ce sera plus facile pour lui.

Il aurait eu dix-sept ans, elle aurait aussi proposé la petite section.

– D'accord.

– On va commencer avec un jour par semaine.

– Ah ? mais c'est quoi les horaires ?

– Il viendrait après la sieste. Donc de 15 heures à 16 h 30.

– Donc vous me proposez 1 h 30 d'école par semaine ?

– Pour l'instant. Mais il n'est jamais allé à l'école, ça va être difficile pour lui au début. Ça va le fatiguer. Et puis vous savez madame, la loi de 2005 c'est très bien, mais c'est dur pour nous de l'appliquer car on n'a pas les moyens de le faire.

Merci sorcière. Va crever, je ne te laisserai jamais poser un doigt sur mon fils.

1 h 30 par semaine en petite section l'après-midi, quand ils font du tambourin et des maracas. Tout ça pour ne pas être hors la loi.

Je retourne au bureau des écoles.

La responsable est consternée.

Elle en parle à l'adjointe au maire qui va faire passer à l'inspecteur d'académie.

Plus tard, j'ai reçu un courrier me disant qu'ils sont aaaabsolument déééééééésolés de cet incident et que la scolarisation des enfants handicapés est un droit, bla bla bla… Bref, ils n'ont rien fait et

la directrice a continué son racisme anti-handi-
capés sans être inquiétée.

En attendant, j'ai eu une dérogation illico.

J'attends dans le hall de la deuxième école
pendant 1 h 45 avec mon fils qui cherche déses-
pérément un livre ou un jeu. Mais on est dans
une école. Il n'y a pas de livre. Donc mon fiston
explore, furète, parcourt, visite. Et c'est interdit.
C'est ma faute. Si j'avais été en retard d'1 h 30,
on aurait attendu que quinze minutes. Il suffi-
sait de ne pas arriver à l'heure. C'est tout bête
finalement.

Nous accédons enfin au bureau de la directrice.
Il est surexcité. Elle est surcoincée.
Il touche au Père Noël sur l'étagère. Sacrilège
ultime. Tout le monde sait pourtant qu'un Père
Noël dans une maternelle ne doit surtout pas
être touché par un enfant. C'est la base.
Ça part très mal. Elle saisit tous les prétextes
pour refuser Noé. La palme revenant à : « Il
manque une signature sur votre dérogation. Je
ne peux rien faire. Je suis vraiment désolée. »
Effectivement elle a l'air aussi désolée qu'un
chien qui chie sur le trottoir.

J'ai donc commencé mon globe-trotting des
écoles privées parisiennes. J'ai tapé à je ne sais

plus combien de portes. Je suis allée jusqu'à envisager des trajets de plus de quarante minutes en métro pour trouver un établissement qui accepterait d'accueillir mon enfant. Entre ceux qui me sortaient le joker « liste d'attente » et ceux qui me laissaient remplir le dossier en me disant : « On vous rappellera » avec la tête sur le côté, j'ai cru que je n'y arriverais jamais.

Et puis j'ai tenté ma chance dans une école catholique tout près de chez moi.
La directrice me demande de lui parler de Noé.
Je commence à avoir un discours bien huilé.
– Il a un petit retard.
– Ah bon il y a une raison médicale ?
– Il a eu un petit problème quand il était petit.
– Écoutez madame, j'ai été la directrice de Saint-Jean-de-Dieu pendant plusieurs années alors vous savez « un petit problème », pour moi, ça ne veut rien dire.
Arrêt sur image again. Saint-Jean-de-Dieu est un des grands établissements pour polyhandicapés de Paris. Boum, coincée.
D'un autre côté, le fait de tomber sur une femme qui sait de quoi il s'agit est plutôt une bonne chose.
Elle prend le temps de la réflexion et après deux réunions supplémentaires, notamment avec les différents thérapeutes de Noé, elle accepte finalement de l'inscrire.

Mon fils va aller à l'école.
Mon fils va aller à l'école.
Mon fils va aller à l'écoooooooleuuu.
Je l'aurais embrassée sur la bouche.

Elle me donne toute une liste de fournitures à acheter.
Je suis drôlement fière avec ma liste. Il faut me voir chercher les merveilleux cahiers 24 x 32 qui n'entrent dans aucun cartable. Les 212 bâtons de colle, les 3 pousse-mousse et autres joliesses indispensables à la vie de la classe. Et puis attention, chic absolu, mon fils doit porter un tablier en tissu. Oui madame. Comme en 1922.
Très logiquement, et à des fins récréatives tout à fait personnelles, nous décidâmes de le nommer Jacques-Henri. Ce trait d'humour hautement spirituel nous fit fort rire. Huhuhu.
Du coup, je fais un petit effort pour le coiffer parce que ça me met quand même pas mal la pression toute cette affaire de tablier.
Mais le mieux c'est la messe obligatoire trois fois par an.

Ce jour-là, je dois accompagner Noé pour qu'il reste sage. Rrrrmmmm admettons.
Mais alors on va dire qu'il s'agit d'une grande séance de chant collectif, et je vais traduire tout

ce que je peux en langue des signes. (Noé n'est pas sourd mais c'est avec la langue des signes qu'il communique le mieux. Nous verrons ça plus tard. Patience…)

Et me voilà partie dans une chanson sur Abraham et les milliers d'étoiles. Noé est fasciné. Il adore.

Du coup, il raffole de la messe. Il ne nous manquait plus que ça.

C'est à ce moment précis que je suis ravie qu'il ne parle pas. Disons que chaque revers a sa médaille.

Mon-fils-mon-bonheur-mon-soleil-ma-joie, si tu veux vivre dans l'amour de la messe libre à toi. Mais quand tu voudras me réciter une poésie, on commencera par Jacques Prévert si tu n'y vois pas d'inconvénient.

Avec mes remerciements.

Emploi du temps

MAINTENANT NOS SEMAINES sont rythmées par l'école et les rééducations.

Feuerstein (PEI*), orthophonic, psycho-motricité (bonne cette fois), Feuerstein et orthophonie.

Noé a un agenda de ministre dans lequel il s'arrange toujours pour glisser un tour de poney ou 2 000 heures de square. Je hais le square.

Je hais ces mamans faussement bien élevées qui trouvent Noé vraiment adorable jusqu'au moment où il ouvre la bouche et alors elles le trouvent vraiment bizarre.

Je hais ces mamans faussement gentilles qui pardonnent à Noé d'avoir cassé le château de sable de leur atroce petite fille en lui disant : « Tu sais ma chérie, ce n'est pas de sa faute, il n'a pas fait exprès, il n'est pas normal. » Suivi d'un immense sourire à mon attention signifiant : « Je lui ai bien expliqué + Vous êtes très courageuse + On va quand même se barrer vite fait. »

71

Je hais ces enfants qui fuient Noé en riant, alors qu'il veut seulement jouer avec eux et qu'il revient vers moi en pleurant.

Bref, je hais le square.

Entre deux tours de poney, je poursuis ma grande croisade de la scolarité. Aujourd'hui, nous en sommes à sa quatrième année. Rien que de l'écrire, j'ai un petit orgasme.

Bon, il n'est resté que deux ans dans sa première école et il s'est quasiment fait virer de la deuxième.

Tant que le directeur de la troisième continue à me dire bonjour, on peut estimer que tout va bien.

Pour en arriver là on a dû faire un parcours administratif très « Scrabble style » :

MDPH*–PPS*–ANPE–CAE*–CNASEA–AVS. Si vous placez toutes les lettres, ça fait quarante-trois points. Ça ne veut rien dire, et d'ailleurs en vrai c'est assez ubuesque, mais c'est un bon score. Et c'est toujours ça que les boches auront pas.

Quand on demande un(e) AVS, il faut faire la demande à la MDPH qui fait établir un PPS par le rectorat. Puis, si on est dans le privé ça passe à l'ANPE qui propose des candidats éligibles au CAE. Ensuite le CNASEA (actuelle ASP*) examine le dossier pour dire si oui ou non il va rembourser l'AVS à l'établissement. Une fois que tout le monde a mis son petit tampon sur la feuille, vous pouvez enfin dire que vous avez l'AVS que vous ne connaissez pas, qui n'a peut-être pas la formation requise mais que vous êtes quand même super contente d'avoir parce que sinon votre enfant ne va pas à l'école.

Waouh, youpi, super bath.

Nous, c'est cool, la directrice nous a sorti quelqu'un du chapeau pour les deux premières années : une ancienne institutrice de l'école qui bien entendu n'était pas éligible au CAE parce qu'elle était retraitée de l'Éducation nationale. Évidemment, on ne peut pas être à la fois retrai-tée et demandeuse d'emploi. C'est un peu le cul de la crémière.

Aurait-on peur que la simplicité m'ennuie ?

Au rayon animation, il y a aussi : tiens un nou-veau mot pour ton Scrabble, la CLIS*.

C'est une classe de douze élèves handicapés au sein d'une école publique. Ce qui fait qu'ils sont intégrés aux enfants du quartier. Ils ne sont pas parqués dans un ghetto fourre-tout, où on leur apprend à coller une étiquette sur une enveloppe, en les applaudissant parce qu'elle est droite. Non, on leur donne une vraie chance. Et moi, c'est ça que je voulais pour sa troisième année.

Alors c'est ça que j'ai eu.

De toute façon
le centre de loisirs
ça craint…

Mercredi, jour des petits.
Centre de loisirs pour les uns.
Hôpital Necker pour les autres.

Aujourd'hui IRM pour toi amour de ma vie.
« Alors tu vas voir c'est rigolo. Tu vas faire un gros dodo, tu vas être allongé sur une planche en bois qui va avancer toute seule et tu vas passer dans un tunnel qui fait boum boum boum. Et puis après c'est fini et hop on rentre à la maison. »
Je le tiens par la main et je lui raconte tout ça avec un grand sourire. Je lui parlerais d'Eurodisney, je ne m'y prendrais pas autrement.
Mais au fond de moi je revois mon fils il y a un an, enroulé dans des bandelettes sur la planche. On dirait une momie. Sa tête est bloquée entre deux sacs de sable. On ne voit que ses yeux, son petit nez et sa bouche.
Je l'imagine hurlant comme la dernière fois, se débattant contre le sommeil pour ne pas céder à l'anesthésie. Et moi qui le berce pendant des

heures jusqu'à ce qu'il s'endorme et que j'arrive à calmer son petit corps soulevé de sanglots.

C'est parti.

Salle d'attente.

Oh regarde, c'est super cette maison de poupées toute pourrie, on peut mettre ton Playmobil dedans. Oh il fait dodo. Ah il se réveille. Oh il se rendort. Ah c'est la nuit d'accord.

Waouh et ce champignon géant tout cassé c'est une fusée !!!! OK génial.

Tout ça avec l'enthousiasme d'un G.O. du Club Med. Délire, super, trop cool, IRM, wahoo, j'vais tout péter, hi hi hi.

Arrive alors une fantastique radiologue qui essaye de me faire croire qu'elle connaît mon fils mieux que moi. Je finis par lui faire comprendre que malgré ses cinq ans, Noé ne restera jamais allongé sans bouger dans la machine et qu'il lui faut absolument un sédatif pour pouvoir faire l'examen.

Oui, il faut même négocier pour ça.

Comme prévu, il se bat contre le sommeil.

Comme prévu, on en rajoute une demi-dose.

Comme prévu, je le berce pendant une heure.

Une vraie heure avec soixante minutes dedans.

Comme pas prévu du tout, il est plus lourd que la dernière fois et mon bras droit va tomber.

Finalement il s'endort. Je pars avant la séquence momification.

– Je reviens dans combien de temps ?
– Oh, vingt, vingt-cinq minutes.
– D'accord, merci, à tout à l'heure.

Je m'assieds dehors, j'écoute la chanson de mes vacances à peu près dix fois : Marco Masini, un chanteur italien qui hurle d'amour avec la voix rocailleuse du Rital enragé.
Sa fiancée l'a trompé avec son meilleur ami. Elle est super belle. Aussi belle qu'une branche de cerisier, que le ciel et la mer, que le soleil et la lune (texto). Et lui, il est vraiment très en colère, parce qu'il pense au temps béni de leur amour. Oh là là qu'est-ce qu'il est fâché cet Italien ! Un régal.
Avec mes copines on s'est époumonées sur cette chanson des centaines de fois toutes fenêtres ouvertes en conduisant vers la plage. Je revois le soleil, la mer transparente, le sable brûlant, la fête jusqu'à l'aube… L'oubli total.
Je suis de celles qui écoutent les chansons d'amour en pensant qu'elles s'adressent à elles. Par exemple, si j'ai le moral à la cave, je peux pleurer en écoutant « Ne retiens pas tes larmes » d'Amel Bent.
Si, si. C'est vrai. Je ne le dis pas tout fort, mais c'est vrai. Je l'ai fait.

Maintenant je suis à l'hôpital, il fait froid, et mon fils est anesthésié dans une machine. Je suis ton conseil Amel, et je pleure sur mon petit banc.

Après vingt minutes, je retourne « en salle ».

Il y a des grosses portes, il y en a même une qui s'ouvre de bas en haut mais uniquement si on en possède le code. On a l'impression d'entrer dans un lieu ultra-secret. Un lieu où il se passe des choses tellement graves qu'il faut les protéger de la vue des non-initiés.

En réalité, c'est seulement la porte qui permet de faire passer les brancards. Mais est-ce vraiment plus encourageant ?

Là où je vais, il y a des écrans qui courent sur deux mètres de long avec des médecins en blouse blanche qui scrutent des cerveaux découpés en rondelles. Ils vont et viennent dans un bruit effrayant de machinerie qu'ils ne semblent même plus entendre.

– Votre fils est toujours en examen. On viendra vous chercher quand ce sera terminé.

– D'accord. Je suis dehors.

Vingt-cinq minutes plus tard, ils sont venus me chercher. Pas cinq, pas dix. Non. Vingt-cinq.
Une éternité.

Quarante-cinq minutes d'examen en tout.
Je vais voir le professeur pour le remercier d'avoir pris du temps. C'est vrai que c'est assez rare.
Là il me dit : « Vous êtes la mère ? » en me prenant le bras.

Il m'aurait dit : « Venez je vais vous ouvrir le ventre pour vous retirer les tripes avec les dents », ça ne m'aurait pas fait plus d'effet.

Il me parle un peu comme dans les séries télé quand le docteur doit annoncer à la famille qu'il est désolé mais qu'il n'a rien pu faire.
« Bon, ben c'est-à-dire qu'on a fait un scanner en plus parce qu'à l'IRM on a vu des choses qui nous ont suscité des interrogations… »
Attends, je me tire une balle dans le pied, je me pends et après tu m'expliques doucement.
Il a commencé par me dire que l'IRM n'était pas normale puis a tenté de m'expliquer ce qu'il a vu ici, là, et là. À partir de « pas normale », on peut dire sans exagération aucune, que l'intérieur de moi ressemblait à du porridge.
J'attendais le moment où il allait dire le mot magique. J'attendais de savoir comment il allait prononcer « tumeur ». Quel serait le prénom de celle qui allait emporter mon fils.
Mais non, rien.
À la place il disait d'autres mots.
Des mots qui voulaient certainement dire quelque chose. Mais quoi ?
Mes larmes brouillaient ma capacité à comprendre quoi que ce soit. J'ai essayé d'absorber les infos, j'ai fait le maximum j'vous jure Madame la Présidente, mais je n'ai retenu que « pas normale ».

Et aussi « piste de recherche pour une éventuelle anomalie génétique ». On verra bien…

Noé dormait dans sa poussette, mais c'est moi qui étais K-O.
J'ai marché jusqu'à la maison. Un pas automatique. Un pied devant l'autre. Bonhomme rouge stop. Bonhomme vert, on passe. Maison, code, local à poussettes, sortir Noé de la poussette. Il pèse deux cents kilos, je n'ai pas pensé à sortir mes clés avant de le prendre dans mes bras.
Ascenseur, pousser la lourde porte. Impossible de poser Noé par terre. Ses jambes sont en coton. Où sont mes fucking clés ? Où sont mes cléééééés ? Aaaaaahhhhh. Je dois le poser. Il tombe, je le ramasse, je vide mon sac sur le palier. Sésame ouvre toi. Coucher Noé.
Je ne veux pas parler. Je suis dévastée.
Je voudrais que rien de tout ça n'ait existé.
Qu'il n'ait pas existé.
Que je n'aie pas existé.
Je suis à bout de forces.

Je me jette sur le canapé.
Tout le monde dort. Très profondément.
Et le monde c'est nous.
Parfois je voudrais ne pas me réveiller.

On dirait
que tu serais mort
mais en vrai c'est pas vrai

Plusieurs fois, quand il était bébé, j'ai souhaité que Noé meure. Je me disais que c'était la seule solution valable pour tout le monde.

Il ne pourrait jamais avoir une vie correcte, sanglé dans un fauteuil roulant à baver sur le côté.

Nous ne pourrions plus jamais être légers et libres.

Aujourd'hui encore il m'arrive de penser à cette période ; quand je suis confrontée à la rigidité du système, quand l'avenir se rapproche, quand mes espoirs sont déçus. Quand je suis épuisée.

Mais alors qu'il y a huit ans, je voyais ça comme une solution qui pourrait être suivie d'un nouveau départ, je sais qu'aujourd'hui ce serait le plus court chemin vers la folie et le Néant.

À l'époque, il ne bougeait pas. Il ne faisait rien. À part respirer. Et c'est tout. Il n'était qu'un cœur qui bat. Et pas toujours au même rythme que le mien.

Maintenant il est intelligent, drôle, farceur, affectueux, surprenant, volontaire, persévérant, inventif, beau, gentil, doux, émouvant, tendre, prometteur…
On est coincés.
On l'aime trop.

On dirait
que tu serais mort
mais en vrai c'est vrai

CHAQUE ANNÉE JE DEMANDE PARDON au Seigneur des agneaux pour les péchés que j'ai commis au cours des douze mois qui se sont écoulés. La médisance étant le pire de tous (et quand on est en colère on est rarement aimable), chaque année j'ai donc un boulot d'enfer.

Je fais ça depuis que je suis toute petite. Ça fait aussi partie de moi.

C'est un moment que j'aime. On prend le temps de se parler, de faire le point sur le parcours des uns et des autres. De se sourire. De s'embrasser. On retrouve sa famille. La petite et la grande. Ça fait du bien.

Quand j'étais petite, j'allais attendre l'heure du pardon avec mon grand-père dans un square. Il était fier de me présenter à ses amis et de leur montrer, d'année en année comme j'avais bien grandi.

C'était toujours en automne. Je me souviens des feuilles mortes, du sable qui salissait nos jolies chaussures neuves. Pour demander pardon il fallait se faire chic.

Mais surtout, je me souviens des marrons que je lui offrais invariablement, avec un sourire jusque-là, avant de retourner au toboggan.
Je me souviens de mon Papa, grand et élancé, qui portait un joli chapeau en feutre noir.

Mon père.
Mon Père.
Mon Papa chéri.
Discret, fin, mesuré, réfléchi, intelligent, cultivé, impressionnant, respecté, élégant…
Exemplaire.

Quand Noé est tombé malade, j'ai pensé qu'il fallait continuer à demander pardon. Je ne voulais pas attirer la foudre divine.
Et puis mon Papa aussi est tombé malade.
Et puis il est tombé tout court.
Alors j'ai arrêté de demander pardon.

Maintenant j'attends des excuses.

Caméra cachée ?

Q<small>UAND JE REPENSE AU TRAJET</small> hôpital/maison et même à la distance immatérielle parcourue depuis que le diagnostic a été posé, je me dis que je devrais m'inscrire à Koh Lanta.

En huit ans j'ai perdu une bonne partie de mes illusions, et pourtant j'arrive encore à tenir debout, à rigoler comme une baleine avec mes copines et à déployer tous les jours des forces dont je ne soupçonne même pas l'existence.

Par conséquent, je pense que je suis la meilleure aventurière et que je peux vraiment gagner Koh Lanta.

Mes interrogations concernant mon projet kohlantien sont quasi insignifiantes à l'échelle mondiale mais finalement assez embêtantes au regard de ma participation. Je pense effective-ment qu'une mère fusionnelle, non sportive, avec un sens de l'orientation surnaturellement négatif, peut avoir quelques menues difficultés sur quarante jours.

D'un autre côté, si on considère que cette même femme se bat en permanence contre les écoles, l'État et les préjugés, on peut se dire que l'équilibre des forces est respecté.

Ahhh Koh Lanta… et même Pékin Express.
Rien que l'idée de partir au bout du monde avec un défi personnel à relever qui n'implique aucune décision vitale ; rien que cette idée me fait frissonner.
Combien de fois je me suis imaginée dans un pays lointain, en train de demander le gîte et le couvert à de parfaits inconnus, parcourir des kilomètres dans des voitures très bricolées ou très luxueuses, partager des souvenirs improbables avec une amie chère. Des fantasmes d'évasion, de bulle. Peu importe, c'est un moyen comme un autre.
Je ne me drogue pas, je ne bois pas, je ne me prostitue pas. Mais je dois avouer que j'ai pris des cours de théâtre.

De 2001 à 2003, j'étais une élève soumise de Jean Tourkash. C'est un homme assez âgé et reconnu dans le métier, à tel point qu'une de ses profs adjointes l'appelle « Maître » avec une déférence qui donne envie de faire pipi dans la culotte.

« Maître » donc, m'avait trouvé visiblement très mauvaise et faisait des commentaires désastreux à chacun de mes passages sur scène.

Ce monsieur ne lira très certainement jamais ces lignes car il ne lit que du graaaand théâtre et de graaaands auteurs, seuls dignes de ses graaaands yeux. Mais il faut qu'il sache que je suis la plus graaaande actrice qu'il ait jamais connue.

Je suis celle qui peut vivre chaque jour avec un cœur mort en chantant « Meunier tu dors » avec les mains qui tournent et le changement de rythme et tout et tout.

Je suis celle qui peut parler pendant près d'une heure avec sa grand-mère adorée d'une voix parfaitement calme et raccrocher pour pouvoir enfin s'écrouler.

Je suis celle qui va jouer la comédie du monde meilleur pour son petit garçon, parce que si je ne le fais pas, il va devenir triste.

Mais c'est un enfant gai, heureux de vivre et je suis sûre que c'est parce qu'il aime le spectacle. Représentations 7/7 jours de 6 h 30 à 20 h 30.

En revanche, je dois avouer que je suis une très mauvaise magicienne. J'ai beau poser ma main sur la tête de mon fils, super concentrée, j'ai beau faire abracadabra, dans tous les sens et dans toutes les langues, rien ne se passe. Il n'est toujours pas guéri.

Rien n'a changé.

Enfin, non, ce n'est pas vrai, je suis de mauvaise foi, on ne peut pas vraiment dire que rien ne change puisque depuis la dernière IRM, on a trouvé des problèmes supplémentaires.

Peut-être qu'il faut que j'arrête la magie.

En colonie d'vacances
dans ma tête la si la sol

NOÉ NE PEUT PAS PARLER. Pas encore.

Il a cinq ans et il dit « Maman ». C'est le principal. Ça lui ouvre toutes les portes. Super pratique « Maman ».

Pour le reste, il a la langue des signes. Une véritable révélation, qui l'a aidé et apaisé au-delà de toutes nos espérances.

C'est sûr, il est passé, de : « Tap tap tap sur la porte du frigo » dans l'espoir que je comprenne ce qu'il vise, à : « S'il te plaît, Maman, un yaourt au chocolat. » Je peux vous dire que d'un point de vue nerveux ça change tout. Imaginez-vous au Japon, perdu dans la ville, il pleut, ça fait des heures que vous essayez de demander le chemin de votre hôtel et qu'on vous répond « non merci ». Alors ça fait quoi de ne pas pouvoir communiquer ?

Bon, revenons à nos moutons. Aujourd'hui mon fils adoré me demande d'aller aux Tuileries.

C'est à l'autre bout de Paris et je n'ai pas de voiture.

Première option : bus direct. Une heure. Ou métro plus rapide mais deux changements.

Sinon, seconde solution, on dit qu'aujourd'hui je ne suis pas au top et on va juste faire waouh, super génial mon fils, t'es super fort, mais on va au parc à côté de la maison.

À la majorité : parc.

Génial la République quand il n'y a que deux votants dont un seul majeur.

Oh Salopa, t'étais là, je ne t'avais pas vue ! Tu me fais toujours marrer. Comment tu vas ? Je suis contente de te voir.

Il faut dire que depuis les vacances en Italie, Salopa s'était faite un peu rare. Quand on est à Paris, c'est plutôt Avémaria qui prend le contrôle.

Avémaria et Salopa sont aussi importantes que Sabril et Cortisone. Les deux premières me sauvent chaque jour, les deux dernières ont déjà sauvé Noé.

Parfois je me dis que si Noé était mort je n'aurais jamais connu Avémaria et Salopa, et puis parfois je me dis que si, mais pas de la même façon.

Avec Avémaria, je suis « calme ». Je souris aux mamans de l'école, à la boulangère, à la caissière et surtout, à Noé. C'est Avémaria qui met des jeans et des pulls sans forme parce que pour aller au jardin ce n'est pas la peine de faire un défilé. C'est toujours Avémaria qui dit super génial quand le koala en bois monte dans la fusée pour la trente-deuxième fois de la matinée. Avémaria est un anxiolytique à elle toute seule.

Mon père s'est fait manger par un crabe. Je suis dévastée. Mais ouf, j'ai encore ma mère et ma grand-mère. Merci Avémaria.

Mon couple est une parodie. Mais ouf, je suis aussi bien toute seule. Merci Avémaria.

Je pleure dans la rue, sur un capot de voiture en sortant du supermarché. C'est pas grave, ça te fait du bien. Merci Avémaria.

Oui mais là quand même, tu pleures depuis vingt minutes, tes poissons panés surgelés vont bientôt nager dans leur boîte, maintenant tu devrais rentrer à la maison. Oh oui, oh oui, tu as raison. Merci Avémaria.

Avec Salopa, ah ah, c'est pas pareil. C'est beaucoup plus rigolo.

Salopa met des robes, se fait jolie et sort avec ses copines. Salopa sourit, même si parfois elle crie au fond, mais on s'en fout, ce soir Salopa est dans la place. Salopa fait des sales vannes.

Parfois, des blagues de cul un petit peu dégueulasses, ou carrément limite. Selon l'heure et le public. Salopa est capable de se faire outrageusement draguer par un gars qui n'est pas le sien, juste parce que c'est les vacances, que tout est beau et que la lumière est sublime.

Salopa est celle qui oublie Avémaria. Enfin, qui essaye.

Salopa a vingt ans. Pendant quelques minutes parfois, quelques heures certains soirs entre copines, ou dix jours quand c'est la super fête.

Salopa est celle qui me tient en vie parce que c'est elle qui me fait encore rire. Rire pour moi. Vivre pour moi. Si Salopa s'en va, je pars avec elle.

Mais quand Salopa ne peut pas venir parce que ce n'est pas son heure, dans ce cas je sors mon joker. La merveilleuse Méchanta.

Méchanta vit le jour.

Méchanta occulo-fusille les passants, ne dit pas pardon quand elle les bouscule et reste assise dans le métro quand il y a 3 250 personnes agglutinées. Mais surtout Méchanta est celle qui sait dire « NON ».

Pas « non merci ». Juste « NON ».

– Tu pourrais changer la musique ?

– Non.

– Tu le surveilles et après c'est à moi. D'accord ?

– Non. On est dimanche, c'est ton jour.

– Tu devrais aller à la piscine.
– Non.
Grosse classe, Méchanta.
Pour certains, Méchanta pourrait juste être une vilaine malpolie. Pour moi c'est Méchanta et je suis très contente qu'elle vienne me rendre visite de temps en temps. Généralement elle arrive après un gros coup de pompe, une visite à l'hôpital, une réunion à l'école, une journée encerclée de mamans heureuuuuuses avec des enfants qui racontent des trucs trop chouuuuu. Ou pire, une longue après-midi au parc. Des claques.

Quand on a de la chance, Méchanta laisse sa place à Salopa, et Avémaria se réveille en pleine forme. Sinon Méchanta boude toute la soirée et Avémaria reprend le flambeau le lendemain matin avec des youpi qui sentent le soufre.

À part la colonie de vacances qui habite en moi, je suis tout à fait normale et équilibrée.
Ceci dit, en cherchant bien, je suis sûre qu'Avémaria, Méchanta et Salopa se relaient aussi chez les autres quand elles ne sont pas chez moi.

Des voyages, des meubles,
des maisons, des voitures
et des boulettes

IL M'ARRIVE, QUAND MON BRAS droit n'est pas pro-
longé par le bras gauche de mon fils, d'aller me
promener.

J'achète des vêtements, mais uniquement
dans les magasins qui remboursent en cas de
brusque retournement de situation intérieure.
Donc, j'achète, j'essaye chez moi, je danse un
peu devant ma glace, je remets dans le sac et je
rapporte. Selon les périodes ça peut aller de la
robe bustier à pois façon baby doll au sweat-
shirt over size échappé d'un clip de Puff Daddy.
Globalement on peut dire que j'ai bien cerné ma
personnalité vestimentaire.
Coût total de l'opération : rien du tout si j'y vais
en bus, deux tickets si j'y vais en métro.
Parfois je garde le fruit de mes emplettes mais
pas souvent.

À part le non-shopping il y a *Culture G.*

L'immense magasin qui a tous les livres, tous les disques, et tous les films que tu ne connais pas, plus tous les gadgets dont tu n'as pas besoin et avec lesquels tu vas certainement repartir.

Je regarde, je feuillette les ouvrages. Je m'imagine dans des intérieurs entièrement meublés par des designers des années 50. Je vois des appliques de Serge Mouille sur mes murs, des tissus et des meubles Saarinen, des fauteuils de Hans Wegner... J'habite dans la maison de Playtime, je suis une femme moderne avec un Frigidaire et un lave-vaisselle automatique. J'écoute des 33 tours sur ma platine Radiola et je fais des noubas à tout casser avec mes voisins qui sont encore mes amis. Je vais en vacances dans des villas en Californie, ou en Italie, mais toujours dans des voitures décapotables incroyables. J'ai toujours le bon maillot de bain, les bonnes lunettes, le bon foulard sur les cheveux, la bonne robe et, évidemment, les bonnes chaussures. Je suis belle et j'ai la classe d'un mannequin de Louise Dahl Wolfe. J'illumine les pages du *Harper's Bazaar*. Je suis un soleil.

Quand j'ai fini ma Tequila Sunrise, je rentre de Californie, d'Italie ou des Bahamas et je change de rayon.

Je vais écouter de la musique ou, si je suis vraiment complètement intoxiquée, je vais chercher des livres ou des DVD pour Noé.

C'est ce que j'ai voulu faire la dernière fois.

– Bonjour monsieur, je cherche des DVD en langue des signes pour les enfants.

L'homme se fige. Je ne lui ai pourtant pas demandé une méthode pour apprendre aux manchots à tricoter.

– Allez voir au rayon Sciences humaines.

– Pardon ?

– C'est là qu'il y a les livres de langue des signes. À tous ceux qui pourraient penser que la langue des signes est une langue et qui se dirigeraient vers la section Langues vivantes, je dis halte, il faut aller vers les Sciences humaines.

Il faut chercher à côté des méthodes pour communiquer entre mère et fille, entre drogués et thérapeutes ou entre enfant et dauphin.

– Je sais, mais je ne veux pas un livre, je voudrais un DVD pour enfants, qui soit en langue des signes. Vous croyez que vous avez ça ?

Sa collègue est figée aussi. Décidemment, je ne sais pas si c'est avant « DVD pour enfants », ou après « langue des signes », mais j'ai dû dire abracadabra sans m'en rendre compte.

Et là le vendeur me sort ce qui aurait pu faire de lui le vendeur du mois, voire de l'année s'il y avait eu des caméras : « Ah oui mais vous savez, madame, le handicap pour nous c'est difficile. » La collègue se défige. J'entends par là que, de corps figé, dos rond, épaules tombantes, on est passé à corps figé, dos rond, épaules tombantes, bouche grande ouverte, yeux écarquillés, tête tournée à presque 90°. Elle est tellement estomaquée par l'énorme boulette qui vient d'être catapultée juste à côté d'elle qu'elle tourne à nouveau la tête et se refige d'un coup.

Je souris, il s'aperçoit un peu tard de la portée de son œuvre. Je retourne au rayon librairie.

Et voilà, en seulement deux coups d'escalator, je déménage, je vois du pays et en plus je rigole. Très bonne adresse.

Un bon couple séparé
comme au XXe siècle
y'a que ça de vrai

Ça y est. Ce qui devait arriver arriva.
Depuis dix ans avec le papa de mon fiston
et depuis un an dans une situation, disons,
« boueuse », on a pris LA décision : on se sépare.
C'est raide.

Pourtant on nous avait un peu prévenus.
« La majorité des couples dans votre situation
finit par se séparer. » Ben oui, mais nous on
n'est pas la majorité. Quand y'en a un qui va
pas bien, l'autre le tire vers le haut. On est super
balèzes. OK ? On a un système bien rodé. Papa
travaille. Maman s'occupe de Noé et de tout ce
qui va avec.
Ça fonctionne.
Après quelques années à ce rythme-là, Maman
s'habitue à la nouvelle situation. Papa pas.
C'est là que ça ne fonctionne plus.
Mais c'est pas grave. On a dit qu'on est balèzes.
On a dit qu'on est jeunes et qu'on aime le fun.
C'est vrai quoi. Nous on est le couple parfait
qui réussit à sortir avec PacMan dans le couffin

jusqu'à des heures indues. Oui bon OK il faisait que pioncer. Mais quand même. On sortait. On était dans la place. Nous on est le couple parfait qui roule dans une vieille Mercedes et qui fait des barbecues à la campagne avec merguez et pétanque.

Malheureusement y'a pas que la merguez dans la vie.
On a beau s'y préparer, le souhaiter parfois, finalement quand ça arrive, c'est la claque.

Partage de la vaisselle, emploi du temps de garde du petit trésor, négo sur les week-ends libérés. Mais surtout, l'idée qu'il ne viendra plus à la campagne, que les dîners de copains se feront sans lui, idem pour les dîners de famille et donc… je vais devoir le dire à ma grand-mère.
Trop concret pour moi tout ça.
Je vais me retrouver seule dans ce grand appartement. Je vais redevenir « célibataire ». Je retourne dans le sac de celles que je regardais de l'extérieur et dont j'écoutais les histoires en me disant ouf, pour moi c'est du passé.
Je vais devoir affronter le futur en me demandant si je vais finir seule ou pas.
D'après mes copines, rien que le fait que je me pose la question est une grande rigolade. Mais ce ne sont pas elles qui sont supposées vivre avec moi.

Il a trouvé un appartement. En une semaine. Il faut croire qu'il y avait le feu. Il est beau, lumineux, calme. Ça l'apaise. Tant mieux.

Moi je crois encore qu'il va rentrer. Je mange seule, ou pas, dans mon salon. J'attends le moment où il va tourner la clé dans la porte et la seconde d'après, je me souviens que ça n'arrivera pas. Ça me fait tout drôle. Un peu comme quand j'ai perdu mon Papa. Sauf que là je peux encore lui parler. Et d'ailleurs je ne m'en prive pas. Je crois que je lui parle plus qu'avant. Téléphone, texto, iChat, mail. Tout y passe.
Mon petit trésor adoré veut aller dans la « maison de Papa » pour jouer à la fusée et pour dormir. Il croit aussi que Papa va rentrer.
Dur.
Bon, mais au moins je me sens complètement chez moi. Fantastique. On va dire ça.

Tableau noir (bis).
Le Velleda c'est pas
pour nous

LA NOUVELLE ORGANISATION du quotidien me
fait aller à l'école plus souvent pour accompagner mon fiston. Avant c'était son père qui
s'y collait et moi j'allais le chercher, ce qui fait
que je voyais assez rarement les petits mots au-
dessus des portemanteaux. Et ça me convenait
parfaitement.
Maintenant j'ai la grande joie de voir fleurir les
cartons d'invitation aux anniversaires de tous les
enfants de la classe.

Comme c'est étrange, Noé n'en a pas. Est-ce
parce que son portemanteau est au bout de la
rangée ? N'y avait-il plus de scotch sur le rou-
leau ? Ou alors la fête a lieu à l'école l'après-midi
et comme il n'est toléré en classe que le matin,
on ne va pas gâcher une invitation Spiderman ou
Charlotte aux fraises ?
Non, vraiment, je ne vois pas d'autre expli-
cation.

En sortant de ce petit couloir, j'ai l'impression d'avoir douze ans et d'être dans la cour du collège. Je me revois au cours de gym. Il y a deux gros malins « élus » par le prof et c'est le moment fatidique de la constitution de l'équipe de volley.

Stéphanie, Marc, Julie, Audrey, Marie, Stéphane, Stéphane, Sophie, Régis, Laurent, Delphine… Et moi je me gèle et j'attends.

Pendant ce temps, un des capitaines fait un petit calcul rapide qui le conduit à la conclusion terrible qu'il m'aura dans son équipe et qu'il n'a même pas le droit de faire un banc des remplaçants. Lui dessine le rictus du chef guerrier qui va mener une bataille perdue d'avance et moi je suis humiliée et triste. Mais en quelque sorte je suis choisie et je vais jouer.

Aujourd'hui, devant ces portemanteaux à hauteur de nombril je suis juste triste. La chair de ma chair n'est pas choisie et ne va pas jouer.

Il n'y a que moi pour le voir et c'est tant mieux. De toute façon elles sont moches leurs invitations.

Pas de bras
pas de chocolat

Est-ce que tous les enfants mangent du Nutella au petit déjeuner ?

Non parce que dans la pub c'est expliqué très clairement : « S'élancer dans la vie, devenir autonome, ça demande beaucoup d'énergie. »

Et c'est sûr, les handicapés sont des gros glandeurs.

Donc, là, on a la ravissante petite fille qui nous fait toute la chorégraphie de Lady Gaga face à la télé installée dans sa chambre ; l'adorable petit garçon qui lâche la main de son père et traverse la rue tout seul pour impressionner sa première nana ; le petit bout de chou qui retire ses bouées pour sauter dans la piscine parce qu'il n'a peur de rien, et j'en passe…

Mais, oh, c'est ballot, on a oublié de montrer l'enfant handicapé qui a enfin réussi à tenir son buste, le trisomique qui peut finalement lire tout seul ou le jeune autiste qui va dire bonjour à quelqu'un qui n'est pas de sa famille.

C'est certainement un fâcheux oubli. On n'a pas fait exprès de faire un spot aryen.

Ou peut-être que comme l'enfant est handicapé, il ne peut pas tenir sa tartine, et du coup il ne peut pas s'élancer dans la vie standouille.
Aaaahhh voilà c'est ça.
Pas de bras, pas de chocolat.

Alors quand je suis reposée je m'énerve devant ma télé et quand je suis fatiguée, forcément je laisse échapper une larmichette.
Sans commentaire. Je sais.

Célibataire ?
Trop fun, trop d'la balle,
j'adore trop

BON, C'EST SUPER. Je n'ai plus de vie de couple mais j'ai des bonnes copines très compréhensives.

Par exemple Charlotte.

Quand je dis : « OK, on se voit mardi » et que le mardi en question j'ai complètement oublié, primo elle ne se vexe pas et deuxio elle ne se vexe toujours pas quand après avoir fait des pieds et des mains pour caser mon fils et pouvoir enfin sortir, je finis par la re-planter pour cause de roulage de pelle imminent. Quand une copine est une bonne copine, elle sait s'effacer devant l'urgence d'une bataille de langues et ça c'est beau.

Il est DJ, je mets à peu près 43 heures à comprendre ses textos et autant à rédiger les miens. Mais il faut ce qu'il faut.

Lui : T ok 2nite ?

Moi : C mieux 2m1

Lui : 2bad, 2nite mieux, oqp 2m1. Jtapl

Suivi d'un coup de fil parce que finalement il déteste les textos. Dommage. Je commençais à parler le jeune et à bien aimer cette excitation du petit mot passé sous la table. Un peu comme à l'école. L'art de la synthèse et du teasing. Tant pis.
Je lui explique que je ne veux pas planter la copine avec qui j'ai rendez-vous ce soir mais que je vais voir ce que je peux faire. Je te rappelle plus tard. Salut.

Si j'accepte, je passe pour la nana qu'on siffle et qui arrive. Pas bon pour la suite. Si je refuse, je ne roule pas de pelle, je ne me fais pas tripoter et en plus j'y pense toute la soirée. Pas bon non plus.
Donc j'appelle la hotline copines.
— Évidement que tu y vas !!!!
— Oui mais j'ai dit que je voulais pas planter Charlotte.
— Ah c'est bête. Ben je sais pas alors. Parce que là t'as un peu l'air de la nana qu'on siffle.
— Merci.
— En même temps on s'en fout. T'as qu'à dire qu'elle a annulé.
— Non quand même il est pas débile.
— T'as raison, c'est un peu gros.
— Allez ma poule va rouler des pelles, fais-toi tripoter et raconte-nous après.
— Merci, salut.
— Salut.

Annulage de Charlotte.

Prométage de racontage.

Appelage avec un air très détaché, petite bla-gounette en passant et hop, rendez-vous à 21 heures.

Il pleut des cordes, il fait froid, j'ai l'air de rien mais j'ai le slim qu'il faut, avec les bonnes bottes, le bon pull et le dieu du cheveu avec moi.

Résultat. Dîner assuré avec brio. Deuxième verre esquivé avec brio. Passage direct à la case appartement « petit thé au jasmin-musique qui tue-canapé-pelle-tripotage-je couche pas le pre-mier soir mais quand même… ».

Ça fait du bien.

Maintenant il faut garder la distance qui sépare la vraie relation du potapoil. Moi je veux qu'il m'embrasse et après on verra. Il est un homme objet. Un intermittent de mon spectacle.

Monsieur insiste pour que je vienne à une soirée le vendredi suivant. L'homme objet mixe. C'est donc établi. J'ai quinze ans et je me tape le DJ.

Personne ne danse sauf ma copine et moi. On est déchaînées. On lui fait un show pas possible. Il passe notre chanson. Oui, c'est chou tout plein, on a déjà notre chanson. Un Prince très Love Symbol. C'est parti. Ondulations en haut, en bas, sur les côtés, contre le mur. Qui est cette Pussy Cat Doll qui habite mon corps ? À ce moment j'ai vingt ans parce que quand on en a quinze on ne sait pas faire la danse de l'amour comme ça. Enfin j'espère, sinon, le marché risque de devenir sérieusement concurrentiel.

Il quitte ses platines, il me présente à ses copains. Il m'embrasse, il me dit que je suis belle. Je pars mystérieusement. Je la joue *hard to get*. Un texto le lendemain. C'est bon, le p'tit gars est ferré.

Et c'est là que je m'aperçois qu'après dix ans sans conduire la lovemobile, il faut repasser le code.

L'homme objet est une sacrée camelote. Le made in China de sa catégorie.

C'est sûr, il fait bien illusion. Le discours en demi-teinte façon mystère, la réserve de bon ton qui tire vers la timidité, un style vestimentaire affirmé et une hygiène correcte assortie d'un parfum renversant. Pour un peu, on pourrait le confondre avec un vrai chic.

Sauf que le sac Charnel ou la ceinture Herpès passent rarement la douane.

Un samedi soir comme tous les autres. Patrick Martin sur la Deux. Beurk. Un téléfilm pourri sur la Une et le reste ne vaut pas vraiment mieux.

La deux centième redif' d'Un Gars Une Fille me donne des envies de meurtre, bref, la soirée se présente sous le signe du ménage. Va pour le ménage.

Dring dring. J'adore la fonction « présentation du numéro ». Quand c'est ma grand-mère je peux faire mon « Allô » qui va super.

Quand c'est la MDPH, je sors mon « Allô » en béton.

Et quand c'est Canada Dry Man je dégaine mon « Allô » mi-mystérieux, mi-souriant.

– Tiens, Jean, qu'est-ce qui t'emmène par ici ?
– Euh (un peu déconcerté), je voulais prendre de tes nouvelles et savoir ce que tu faisais ce soir.
– Ah c'est sympa. Ce soir je reste ici (je voudrais bien sortir mais mon emploi du temps d'huître m'en empêche, tu comprends). Mais si tu veux, tu peux passer.
– Bon OK. J'avais plutôt prévu que tu viennes chez moi, mais puisque tu m'invites si gentiment, d'accord. Je viens. T'as dîné ?
– Non.
– J'apporte le dîner et à boire.
– Super. À tout à l'heure.

Donc à partir de ce moment-là, on passe en mode accéléré étant donné qu'il habite tout près.

131

Lavage de dents, vérifiage de poils, douche flash-éclair, changeage de pull pour le doux-fin-ample-parfait tee-shirt de la nana décontractée à la maison, gardage des petits chaussons de danse parce que je suis chez moi et qu'on est samedi soir, maquillage hyper léger, descendage du chien, rangeage de la cuisine, branchage d'iPod sur chaîne.

Et une bougie pour faire la fille qui a quand même fait un petit effort.

Ding dong (on va dire que ma sonnette fait ding dong, d'accord ?).
J'ouvre.
– Salut.
Je ne l'embrasse pas. On est potes.
On discute du repas qui va bientôt arriver. J'aime bien qu'il ait pris les choses en main. Finalement quand on y pense, il n'est pas venu pour m'épouser. Finalement quand on y pense, ça me convient. Finalement quand on y pense, il est chou et ça ne me convient pas tant que ça. Passons.

On discute. De choses assez personnelles. On fait connaissance. Je lui parle de la fête qui avait lieu chez moi hier. Ce kamikaze me demande pourquoi je ne l'ai pas invité. Je lui réponds un « parce que » qui se passe de commentaires. Il est dingue.
Monsieur est prévoyant.

Monsieur a un sac très lourd avec son ordinateur dedans. Et qu'est-ce qu'il y a dans l'ordinateur ? Un film. Donc séance privée.

Il est très à l'aise chez moi, et tout naturellement il propose de regarder ce chef-d'œuvre sur le lit. Comme des ados au ciné, on n'a vu que le début, puis on a surtout entendu les dialogues.

À l'issue de cette soirée, on peut dire que j'en ai beaucoup appris sur l'industrie de la contrefaçon.

Primo, c'est vite fait mal fait. Mais on a le droit de râler. C'est un peu le service conso. Ça permet un suivi et par conséquent un rappel.

Deuxio, on peut aussi renvoyer le produit. Par exemple en lui montrant la porte à 3 heures du matin. « Désolée mon chou mais ça va pas être possible. Allez, tu sautes dans ton jean et tu dégages. »

Tertio, y'a pas de tertio.

Cette étude, comme toutes celles que j'ai suivies dans ma vie, a été rapidement bouclée.

Lui qui devait être un potapoil, c'est-à-dire par définition : un ami, toujours disponible seulement pour se détendre, s'avère non seulement être une mauvaise affaire mais en plus un homme jamais disponible. L'inverse du concept choisi.

Poubelle.

Plus près de toi
mon fucking dieu

J'AI MAL AU SEIN.

Au sein au singulier. C'est singulier comme mal. Ah, ah, ah.

Mais oui ah, ah, ah car si je devais avoir un cancer, je pense que le plus légitime serait le cancer de la mère. Celui de la louve. Romulus, Rémus et Noéus.

Sinon, je pourrais avoir une tumeur au cerveau. Mais là j'ai pas mal à la tête.

J'ai mal au sein gauche. Près de quoi? Du quoi? Ah du cœur! OK, au point où on en est dans l'encombrement des chakras... Partons donc pour un joli petit crabe au nichon.

Ce qui est dommage à part le vomi, c'est que je vais perdre mes cheveux qui sont assez jolis. En plus je commence tout juste à maîtriser l'art du brushing.

Ce qui est encourageant en revanche, c'est qu'on fabrique de très jolies perruques, et qu'à part ça j'ai aussi une tête à chapeau.

D'un autre côté, la bonne nouvelle c'est que si j'ai le temps de voir repousser ma crinière de

feu, il paraît qu'elle va revenir encore plus belle.
Waouh, cascaaaade de boucles en perspective.
Séduction, charme et envoûtement… avec un
nichon en moins. Ça calme.
Mais si l'envoûté m'aime d'amour ou si c'est un
fan de Cronenberg ça passera tout seul.
Il est évident que l'option repoussage de cri-
nière-séduction-charme-envoûtement implique
un succès total de la chimio.

Voyons maintenant l'option numéro deux.
Je me noie dans mon vomi. J'ai perdu dix kilos. Le
seul indice qui me sépare d'une anorexique dans le
regard des autres c'est mon style capillaire.
C'est moi qui les réconforte. Nous sommes donc
passés de l'autre côté de la barrière. La phase ter-
minale est bien nommée. N'empêche que j'ai mal.

Et si je me suicidais ?
C'est assez théâtral, le suicide. On peut écrire
et réécrire cent fois sa lettre d'adieu. On peut
même la filmer. Mais avec trois poils sur le cail-
lou et trois kilos sur les os, mieux vaut s'abstenir.
Le menu est assez vaste. On ne sait que choisir.

La pendaison n'est pas très féminine parce qu'on
se fait pipi et/ou caca dessus. Qui a envie de laisser cette image et cette odeur derrière soi ?
Le gaz est aussi une solution, mais il est rare de
trouver des fours au gaz dans les immeubles
modernes parisiens. Il faudrait donc s'enfermer

dans le parking et se mettre la tête dans le pot d'échappement. Mon parking doit faire environ 2 000 m² sur trois étages. Je ne suis pas sûre d'avoir assez d'essence dans la Modus.

Quelle musique mettrait-on à mon enterrement ? Est-ce que quelqu'un sait que ma chanson préférée, c'est « Fly me to the Moon » ? Ce qui est d'ailleurs assez ironique en la circonstance, isn't it ? Qui dirait que j'avais de l'humour mais que là c'est pas marrant ?

N'empêche que j'ai bien fait d'être morte.

Ils ne s'en rendent pas bien compte, encore anéantis qu'ils sont par la perte de cet être si cher. Snif.

C'est comme les rétrospectives des grands artistes ringards qui deviennent subitement géniaux. Ah ! Pascal Sevran, quel talent, oh Sacha Distel, une perle. Ah Anna, quelle merveille. Ça passera, ils vont relativiser, digérer. La mort, c'est raide, ça fait mal, mais ça passe.

J'aurais pu être handicapée.

Une voiture a brûlé un feu devant moi il y a deux jours. J'étais sur le point de traverser mais un réflexe venu d'ailleurs m'a fait sauter sur le trottoir. Au mieux elle m'aurait cassé quelques côtes et attiré la sympathie de tous les passants. Au pire, elle m'aurait signé un aller simple pour la poche à pisse, le steak haché à la paille et les chemises de nuit qui s'attachent derrière.

Je reste donc avec mon néné qui fait mal mais au moins je n'encombre pas ma famille avec des corvées supplémentaires. Altruiste et dévouée, on vous dit.

Finalement après m'être fait copieusement écraser la mamelle dans tous les sens par un radiologue visiblement ravi, il s'avère que je n'ai rien.

D'accord. Ni bonne ni mauvaise, disons que c'est une information. J'apprends par la même occasion que j'ai « beaucoup de glande mammaire » et que c'est la raison pour laquelle mes seins ne tombent pas. S'ils étaient faits avec plus de gras, ils seraient déjà sur mes genoux.

Quand je partage cette information biologique avec le père de mon fils qui passait par là pour récupérer le fruit de feu notre amour, il devient tout fou et pose la main sur mon sein en accompagnant son geste de sa langue dans ma bouche. Va pour la pelle et la pelote.

Dans son élan, il s'en va et m'envoie un texto laconique mais plein de promesses : « Et si je devenais ton amant ? »

Que peut-on en conclure ?

La glande mammaire empêche les seins de tomber et les hommes de réfléchir.

Maman, c'est qui la dame?

Pour la deuxième fois en six mois, le père de mon fils est amoureux. Mais là c'est une « histoire importante » comme il dit.

Le problème c'est qu'il joint les actes à la parole et que pour sceller sa nouvelle union, il a trouvé que la meilleure idée c'était de faire dormir Mademoiselle avec lui dans le canapé-lit quand Noé est dans la chambre à côté.

Évidemment ce n'est pas du tout un problème que Noé ait pris l'habitude de boire son biberon dans le lit avec son père et qu'il se retrouve tout d'un coup entre son papa et la dame à moitié à poil. Pas du tout. On est cool, elle est super sympa, on est super heureux, ça se passe super bien, Noé l'adooore.

Évidemment que Noé l'adore. Il adore tout le monde. Il embrasse les gens dans le bus.

Si demain ils se séparent, il va en penser quoi, Noé ?

Moi, je suis un peu primaire. Je pense qu'il pourrait se retenir trois soirs par semaine et attendre d'être sans son fils pour déglinguer sa

143

nana. Mais visiblement, il ne pense pas comme moi. Ou alors, pas avec sa tête.

Et c'est là que je me dis que finalement le cerveau malade, ce n'est pas seulement celui de Noé. Je ne suis peut-être pas l'unique responsable de tout ce merdier. J'ai tricoté un peu de travers OK. Mais lui ? Son cerveau pend entre ses jambes. C'est pas mieux. Ça fait quarante et un ans qu'il s'assied dessus. On s'en sort forcément avec des bosses.

Et moi je me regarde devenir aigrie, et mes yeux pleurent, et ma bouche fume, et mon regard s'éteint. C'est pas juste.

Le jeu
du désamour et du hasard

ENTRE-TEMPS J'AI EU TRENTE-SIX ANS.
Trente-six ans et un amoureux.
Aaaahhh ! C'est formidable.
Ouiiiiii c'est formidable. C'était le destin, on se
connaissait depuis vingt ans, on s'était perdus de
vue, on s'est retrouvés sur Facebook, et maintenant on s'aime comme des mabouls.
Ooohh c'est merveilleux.
Non, c'est pas merveilleux du tout. Il est petit,
gros, il fume comme un pompier, il a un porte-
feuille Vuitton, il habite à 4 000 km d'ici, mais
c'est lui que je veux quand même. C'est horrible.
Comme dit ma grand-mère : « Comment le chat
va-t-il faire pour traverser la rivière ? »
Mais quand même c'est une belle histoire non ?
Oui. Très.
Une histoire passionnelle, dévorante, fusionnelle, instinctive… Une histoire vivante. Une
histoire qui se moque de cette mer qui nous
sépare.

Il veut me voir. Maintenant.

Je n'ai pas de billet, mais ce n'est pas ce détail insignifiant qui va m'arrêter. Je saute dans un taxi et je fonce à Roissy. Il est bientôt minuit. Je suis dans mon film parfait. Je n'ai jamais couru aussi vite avec une valise.

L'hôtesse se réjouit de voir cette petite furie qui vient animer sa longue soirée solitaire. Ce qu'elle ne sait pas c'est que si son guichet avait été fermé je serais morte dans d'atroces souffrances et ça aurait fait encore plus d'animation. Mais bon.

Ça y est. 24F, c'est marqué sur ma carte d'embarquement. J'exulte. Pour un peu je pourrais voler toute seule.

Cinq heures plus tard le jour se lève et je suis chez l'Homme. Il se réveille et ouvre les yeux sur moi, il est rassuré. Comblé. Il n'a plus besoin de rien.

Nous n'avons plus besoin de rien.

Nous nageons dans le sucre, le miel et dans tout ce qui colle. On sourit bêtement. On adore ça.

C'est formidable le progrès. La veille j'étais dans un pull seule sur mon canapé et aujourd'hui je suis baignée de chaleur, sur la plage avec celui qui partage mes rêves.

Il est fou de moi. Je suis dingue de lui.

Capuccino allongés sous les arbres, restaurant tous les deux, dîner avec ses enfants dans la cuisine. La vie quoi.

Il me désire comme LA merveille. Il me chérit comme LE trésor. Je suis Aimée. Je suis forte, immense, invulnérable. J'ai des ailes.

Tstt, tstt, tstt. Petit rappel historique. Icare, les ailes, le soleil…

C'est le week-end de mon anniversaire. Il vient à Paris, m'offre un immense bouquet de roses et un collier en or. Tout se passe bien. On ne se quitte pas. Ni des yeux, ni des bras.

Mais alors que nous allons dîner il me demande quel sera le prénom de notre fille.

– Saperlipopette comme tu es drôle mon chéri.

– Non, c'est pas une blague.

Énorme malaise de part et d'autre de la banquette arrière du taxi. L'homme, le mâle, qui a déjà deux enfants, pourrait se satisfaire de ça. Mais non, il aime la marmaille et veut se reproduire.

Ceci dit c'est vrai que ça lui ferait du bien à Noé d'avoir une petite sœur. Il ne serait plus seul, il aurait quelqu'un avec qui jouer, quelqu'un à imiter, quelqu'un pour le protéger. Même quand je ne serai plus là.

Mais lors de notre premier séjour à l'hôpital, alors que je faisais une petite pause avec la maman de la chambre d'à côté, elle m'a demandé :

– Qu'est-ce qu'il y a de pire qu'un enfant
malade ?
– Ben rien.
– Si. Deux enfants malades.
Alors c'est sûr qu'on ne perd pas à tous les
coups, mais sa réponse, égoïstement, a refermé
le chapitre des petites sœurs.

Mon histoire sent le sapin.
Le vagin, super, on l'adore, il est au top. C'est
l'utérus, qui rabat la joie. Et pour faire des
enfants, il faut passer par là. Y'a pas le choix.
Ce qui me permet d'envisager deux options
pour l'avenir. Soit je finis seule avec Maman et
Noé dans un très vieil appartement rue Sarasate
(non, quand même…), soit je trouve un père de
famille qui a déjà eu son compte de mioches et
qui trouvera très bien de s'accoupler régulièrement avec une mère à mi-temps. La seconde
solution me paraît plus raisonnable. Mais où
trouver la bête ? Pas à 4 000 km, ça, c'est une
certitude.

Alors en attendant que le couperet tombe,
comme une adolescente débile, j'attends.
C'est drôle, j'avais oublié ce sentiment de vide.
L'étrange impression que le corps est guidé par
une force supérieure qui l'empêche de réagir,
d'avancer. Les yeux ne bougent plus, la respiration est saccadée, le ventre est noué. Je sens mon

cœur qui se ferme et s'étouffe. Et moi qui me croyais invincible, dotée d'un pouvoir d'auto-conviction surnaturel, je me surprends à espérer un sursaut de vitalité sur une histoire d'amour que je sais déjà morte et enterrée.

Comment j'ai pu en arriver là ?

Peut-être que j'avais placé en lui des espoirs fous.

Je le voyais comme un homme bon et solide, sur lequel je pouvais m'appuyer. Un homme capable d'accepter la réalité et de la vivre.

Mais on ne voit pas bien quand on a le soleil dans les yeux.

À ce moment je me dis que si quelqu'un comme ça se défile, l'avenir s'annonce très sombre.

Apparemment, le sens du vent n'a pas changé. Toujours de face. Toujours violent.

Il m'a quittée.

Juste après ce week-end d'anniversaire que nous avions tellement attendu lui et moi.

Je suis tombée d'une hauteur vertigineuse sans avertissement. Poussée violemment dans le vide par celui qui avait mis du baume sur mes plaies. Celui qui me protégeait de tout.

Pulvérisée. Atomisée. Éparpillée.

Après m'être rendue malade de tristesse, après avoir vidé mon corps de toutes ses larmes, après avoir appelé SOS médecins parce que mes jambes ne me portaient plus, au bout de six mois j'ai finalement réussi à ranger l'infâme dans le panier des monstres.

J'ai compris que cet homme que j'avais peut-être idéalisé m'avait juste offert du rêve en plein cauchemar et avait seulement su me parler comme je l'attendais au moment où j'en avais besoin. Simple question de timing en quelque sorte.
J'ai aussi compris qu'il était salutaire, voire nécessaire de s'effondrer pour une contravention quand on a pris perpet'.

Alors j'ai pu commencer à rassembler les minuscules morceaux de moi. Mais il en manque tellement.

Pourtant, malgré tout, il m'arrive d'y penser avec une pointe de nostalgie.
C'est bizarre une fille. Une bonne baffe, on n'a encore rien trouvé de mieux pour réveiller la princesse qui s'acharne à attendre son prince. Remballe ta robe Stupida, et va faire tes courses au Champion.

35 heures par jour

5 h 30 du matin :

Maman... Maman ? Maman... Maman
Maman... Maman Maman Maman Maman...
Maman ? Maman Maman Maman Maman
Maman Maman Maman Maman Maman
Maman Maman Maman Maman Maman Maman
Maman Maman Maman Maman Maman Maman
Maman Maman Maman Maman Maman...

J'ouvre très vaguement les yeux mais je tiens bon.
Je ne sortirai pas de mon lit.

Maman Maman Maman Maman Maman Maman
Maman Maman Maman Maman Maman Maman
Maman Maman Maman Maman Maman Maman
Maman Maman Maman.

C'est peut-être important... Non, m'en fous...

Maman Maman Maman Maman Maman Maman
Maman Maman Maman Maman Maman Maman
Maman Maman Maman Maman Maman Maman
Maman Maman Maman. Maman Maman
Maman Maman Maman Maman Maman
Maman Maman Maman.
Mamaaaaaaaaaaaaaaaaaaaaaaaaaannnn.

Je me lève, pensant qu'un cauchemar atroce
vient de traumatiser le psychisme si fragile de
mon angelot, ou peut-être qu'il a faim, ou peut-
être qu'il a soif, ou peut-être qu'il a froid, ou
peut-être qu'il y a un tsunami et qu'il faut éva-
cuer notre génial appartement situé au neuvième
étage d'un immeuble en béton super-armé.

Moi : Quoiiiiiiiiiiii ? (à prononcer avec la voix de
la mère qui hésite entre une carrière de sainte ou
de serial killeuse).
Lui : Titidadin (« petit câlin » en Noé dans le
texte).
Moi (jetant immédiatement la sainte par la
fenêtre) : Mais ça va pas, tu me réveilles pour ça ?
T'as vu l'heure ? T'es dingue ? J'en peux plus, tu
me tues, j'en ai marre, je veux plus t'entendre.

1 h 30 plus tard, horaire syndical :

Lui : Boujou Maman.
Moi : Bonjour mon prince.

Lui : Titidadin. Mmmmm Mamaaan.
Moi : Mmmmm amour de ma vie.
Lui : Joutéfôôô.
Moi : Mais moi aussi mon amour adoré je t'aime fort fort fort. Mais il ne faut pas te réveiller aussi tôt quand même.
Tu veux une tartine ?

Mieux vaut entendre ça
que d'être sourd ?

Il ne faudrait pas croire que le sommeil et les hommes perturbés m'éloignent de mon but ultime. Non.

J'ai donc repris mes recherches d'école.
Mon fils ne parle pas mais ce n'est pas pour autant qu'il est stupide. Ceci dit, jusqu'à très récemment, la croyance générale en France c'était : « Qui n'a pas la parole n'a pas l'esprit », ce qui a d'ailleurs causé beaucoup de tort à tous les sourds.

Allez on se recentre sur mon angelot. Merci.
Aujourd'hui je veux zé j'exige que mon fils aille en classe avec des enfants qui apprennent et qui raisonnent.
Dit comme ça, c'est un peu comme si je demandais de l'eau qui désaltère, mais en vrai, en France, ce n'est pas si simple.

Étant donné qu'il s'exprime en langue des signes, je m'oriente assez naturellement vers les instituts pour sourds.

Petit morceau choisi :

– Bonjour, je voudrais inscrire mon fils dans votre école.

– Quel est son niveau de surdité ?

– Il n'est pas sourd.

– Ah ? Mais il est malentendant ? Il est appareillé ?

– Non, il entend parfaitement, mais il parle la langue des signes (LSF*) parce qu'il ne peut pas oraliser.

– Ah. Hummm…

– Mais je sais que vous avez une classe bilingue pour les enfants malentendants. (LSF + orale. Mon fils est bilingue, je sais c'est la frime.) On pourrait le mettre là non ?

– Mais il est malentendant ou pas ?

– Non, mais on pourrait peut-être faire une exception. L'important c'est qu'il apprenne, non ?

– Je ne crois pas qu'on puisse faire ça.

– Mais vous êtes là pour aider les enfants ou pour mettre des croix dans des cases ?

– Mais madame, c'est pas de ma faute, ici on ne prend que des sourds, c'est à cause des assurances. Je ne peux pas prendre votre enfant s'il n'est pas sourd.

– Eh oui, c'est dommage mais mon fils n'est pas sourd !

– Rrrrooohhh, madame…

Au bout d'un moment, et après avoir eu la même discussion avec plusieurs établissements, j'ai presque songé à lui percer les tympans pour pouvoir l'inscrire à l'école. Finalement, je ne l'ai pas fait.

Va savoir pourquoi.

Donc, après avoir harcelé la Maison du handicap, on a fini par obtenir une place à l'école publique dans une classe spécialisée avec d'autres enfants handicapés. Mais handicap chic.

Parce qu'il y a quatre types de handicaps pour ce genre de classe. Les fameuses CLIS.

Le 1 : Déficient intellectuel. Traduction : fourre-tout.

La Maison du handicap ne comprend pas ce qui débloque. Visiblement y'a un problème, mais quoi ? Cet enfant est neuneu, il ne répond pas quand on lui parle et il ne sait pas compter à l'envers. Prrfft, sais pô, comprends pô. Allez hop, en 1.

Le 2 : C'est les sourds et à la limite les appareillés. Là c'est facile.

Le 3 : C'est les aveugles. Là aussi c'est facile à caser. Sauf si le pauvre enfant est sourd et aveugle, mais dans ce cas c'est encore plus dur pour lui.

Le 4 : C'est handicap moteur : la crème de la crème on vous dit. Le problème majeur c'est les jambes, ou les bras. Pas la tête. Donc, ils apprennent et ils raisonnent. A priori.

L'eau qui désaltère quoi.

Une petite visite de courtoisie au ministère de l'Éducation, et hop, j'ai fini par décrocher le 4 pour mon trésor.

Eux ils voulaient le 1. Tu parles.

Un enfant pas sourd mais qui s'exprime en langue des signes, qui ne parle pas mais qui n'est pas autiste, qui apprend mais doucement… Bref, un « mais » de 1 m 20, c'est un ovni pour eux. Presque une cinquième catégorie.

Lui tout content il se fait une rentrée à la cool avec son cartable Buzz l'Éclair. Moi je suis au bord de la pamoison. Je crois même que j'ai mangé une religieuse au café.

Mais le soufflé est vite retombé.

La maîtresse était une goutte d'acide avec des jambes de sauterelle.

– Votre fils ne comprend pas ce que je lui demande.

– Demandez-le lui autrement peut-être.

– Non c'est une méthode qui a fait ses preuves. Tous les autres enfants y arrivent.

– Mais à la maison il sait le faire, c'est qu'il y a un problème.

– J'en suis certaine, je ne mets pas votre parole en doute (espèce de mère aveugle et complètement partiale qui vient me casser les bonbons pendant mon heure de cantoche). En tout cas, là, il n'y arrive pas, madame.

Mais c'est toi qui n'y arrives pas, crétine. L'important c'est l'enfant, pas ton diplôme en papier que je vais te faire bouffer si tu continues à me faire suer.

Et ça a duré toute l'année. Avec un AVS mystérieux à qui je n'avais quasiment pas le droit de parler.

En mai on a tiré notre révérence et on est partis à Jérusalem au Centre de rééducation Feuerstein.

Terre de toutes
les promesses

Juillet 2006

Ma mère : « Ma chérie, renseigne-toi sur la méthode Feuerstein, ça a l'air formidable. Je suis sûre que ça ferait beaucoup de bien à Noé. »

Mon père : « Fais confiance à ta mère. »

En seulement cinq mots, mon père, dont l'approbation comptait tant pour moi, m'ouvrait cette nouvelle porte, et me donnait un conseil pour les années à venir... sans lui.

Ainsi fut dit, ainsi fut fait.

Nous commençons à Paris. Noé progresse à grands pas. Tous ensemble, nous avons fait le bon choix. Quatre ans plus tard, nous passons à la vitesse supérieure et nous remontons à la source. Direction Jérusalem.

Bon, alors d'abord il fait beau.

C'est bête à dire mais le cafard est moins noir au soleil. Sauf le cafard israélien qui est marron et a la taille d'une souris mais ça c'est une autre histoire.

Ce n'est pas pareil de se réveiller le matin et de se promener en tee-shirt, gavée de vitamine D, avec un enfant que personne ne juge.

Au parc, on vient me parler, on nous invite à dîner. En trois ans, au jardin en bas de chez moi, j'ai parlé à deux mamans et on n'a jamais goûté chez personne.

Ceci dit, c'est vrai qu'on ne va pas faire le voyage uniquement pour un gratin de pâtes et un verre de Banga.

Quand on arrive au Centre Feuerstein, Noé est pris en charge par sept personnes différentes.

Sept thérapeutes francophones qui ouvrent les yeux sur lui et tentent de trouver le meilleur chemin vers son raisonnement.

Logique, lecture, concentration, ordinateur, travail du corps… Il n'y a rien qui ne puisse être amélioré. Chaque enfant a des faiblesses mais il a aussi des forces. Et c'est précisément ces forces dont on va se servir pour repousser ses limites. Impossible est un mot qui n'existe pas.

Devant le regard bienveillant des thérapeutes, la confiance inébranlable dans le potentiel de Noé qui le ressent indéniablement, et l'envie de l'emmener toujours plus loin, nous sommes comme Christophe Colomb : dans ces petites salles à peine meublées nous venons de découvrir un nouveau monde.

Les barrières de Noé s'effondrent les unes après les autres.

– Tu ne comprends pas comme ça ? Alors je vais poser le problème autrement. Ah voilà, là ça marche. Bravo Noé.

Tiens donc, c'est bizarre mais quand c'est l'adulte qui se remet en question ça fonctionne mieux.

En deux mois il a commencé à dire de nouveaux mots, à lire et à écrire. Et si c'était simplement une histoire de logique et d'humilité ?

De telle sorte qu'aujourd'hui, il me dit « je t'aime » (j'adore), il me dit qu'il veut de l'eau, des gâteaux, il compte bien au-delà de dix, à l'endroit et à l'envers, il dit oui, non, pas, il me parle des couleurs des voitures et de l'avion qui va le ramener à l'école de la mer parce que l'école d'ici a brûlé et qu'on va la ranger.

C'est vrai qu'il s'aide beaucoup des signes, mais son raisonnement a évolué. Il me ment aussi, et je suis obligée de me mordre l'intérieur des joues pour pouvoir le gronder avec un minimum de sérieux.

Ce qui me pousse à une nouvelle réflexion.
C'est fou comme je réfléchis, quand on y pense.

On pourrait se dire que c'est formidable qu'il existe une solution. Mais on pourrait se dire juste après que c'est quand même navrant qu'on soit obligé de prendre l'avion pour atteindre cette fameuse solution. Le bus ce serait quand même plus pratique.

Wake up la France !!!!!

Et puis je dois vendre un rein à chaque fois. Et je n'en ai que deux.

Après il faudrait que je vende mes yeux et ce serait très dommage parce que je ne pourrais plus voir mon-fils-mon-soleil-mon-amour-ma-joie.

Oui c'est le petit nom que je lui donne quand je veux faire court.

A + N
=
Amour éternel

PARFOIS NOÉ VEUT DES CÂLINS.
Le parfois qui s'appelle souvent. Le souvent qui s'appelle n'importe où, n'importe quand.

Un câlin c'est bon, c'est doux et puis comme Noé a maintenant huit ans, c'est aussi un peu violent. Je me retrouve souvent par terre.

Quand il est calme je le prends dans mes bras. Il ne bouge pas. Il est tout plié, son petit corps chétif contre le mien. Ses petites fesses rondes dans la paume de mes mains et sa tête blonde dans le creux de mon cou. Je sens sa respiration qui se fait lentement plus sereine. Je m'emplis de son odeur que j'adore. Nous sommes liés par un amour si puissant et à la fois si doux en cet instant précis. Nous sommes tous les deux en paix. Pour quelques minutes qui s'étirent.

Puis il s'écarte de moi et ses petits doigts explorent mon visage. Il me regarde avec attention. Je le découvre concentré.

Sa main est encore petite. Son nez est encore petit. Sa peau est encore douce.

La lenteur de ce moment est magique.

Et bien sûr je ne peux pas m'empêcher de penser.
Alors, inévitablement, je tombe de mon étoile qui a filé si vite.

Combien de temps va durer cet instant ?
Comment ça sera quand il sera adolescent avec de grandes mains, une grosse voix et un corps d'homme ? Comment je vais faire pour l'entourer de mes bras, moi qui suis perpétuellement prolongée par lui ?

Et puis je me demande aussi si ses déclarations d'amour, si belles, si instinctives et si fréquentes ne seraient pas un peu comme un encouragement ? L'avantage du silence c'est qu'on peut lui faire dire ce qu'on veut.
Vas-y maman continue, ne baisse pas les bras. Hier est loin. Regarde où j'en suis aujourd'hui. Regarde tout ce que je sais faire. Regarde tout ce que je vais faire. On est les plus forts maman. Ça va aller.

Un jour, lorsque nous étions en Israël, j'ai engagé un baby-sitter. Malheureusement je ne l'ai trouvé que vers la fin de notre séjour. Il venait l'après-midi. En tout il est venu douze heures. Sur sept semaines. Je suis restée douze heures sans mon fils. Le plus bizarre c'était la première fois.

Je suis montée, seule, dans un taxi et en fermant la porte j'ai eu un moment de panique. Je croyais que j'avais oublié Noé sur le trottoir.

Je ne crois pas à l'instinct maternel. Je ne crois pas les femmes qui se disent mères à peine ont-elles expulsé trois kilos de chair sanguinolente et hurlante. Je crois que c'est un réflexe qui se développe. Ou peu. Ou pas.

Certains animaux rejettent leur petit. Et certains tuent pour eux. Rien n'est joué d'avance.

Je n'avais pas cet attachement quand il était bébé. Aujourd'hui après cette longue période de fusion, c'est devenu viscéral. Et mutuel.

Je ferais quoi sans lui ?
Il fera quoi sans moi ?

Y'a d'la joie

NOÉ EST UN ENFANT HEUREUX.
Enfin je crois.
Enfin je crois que j'en suis sûre.
Son imagination le porte loin, et je me dis qu'un enfant triste ne peut pas être aussi créatif. Il invente des jeux, il utilise les rails et les tunnels de son train pour construire un minigolf dans sa chambre, et distribue le courrier devant ma porte avec une solennité très théâtrale.

Noé est très sensible. Alors que quand il était bébé tout glissait sur lui, il est maintenant comme une éponge. Il voit tout, il ressent tout, même ces minuscules petites choses que nous jugeons insignifiantes et que nous ne remarquons plus. Rien n'est transparent pour lui. Tout a de l'importance. Parfois trop.
Avant, s'il ne savait pas faire quelque chose, il s'arrêtait là et attendait que quelqu'un vienne débloquer la situation. Maintenant il résout seul, à sa manière, les problèmes qui l'empêchent d'avancer.

– Noé, mon amour adoré, si tu ne sais pas, demande de l'aide.
– Ai-de-woi.
– Bravo, j'arrive.

Je n'entrerais pas dans le débat des hommes et des cartes routières, mais on a rarement vu un homme perdu demander un coup de main pour retrouver son chemin. Ce qui fait de Noé, de mon point de vue en tous cas, un enfant supérieurement intelligent. Voilà, ça c'est fait.

Ainsi, récemment, il a appris à mettre ses chaussures tout seul.
C'est difficile de coordonner le geste, le corps et la pensée. C'est difficile de mettre ses doigts comme il faut dans la chaussure pour bien pousser le pied, et c'est difficile de bien mettre les scratchs.
Alors quand il arrive à faire tout ça, il vient me chercher, triomphant, attendant mon inévitable pamoison.
Mais quand ça bloque, sa peine est à la mesure de sa frustration. Il m'appelle, enroulé dans son chagrin et sa honte, la tête cachée dans ses mains. Seules ses baskets m'indiquent pourquoi il est si triste et dépité.
Je l'aide. Un tout petit peu seulement. Il termine seul et son ego se regonfle instantanément.

Voilà, il est à nouveau habité par ce sourire solaire qui fait de lui le plus beau petit garçon du monde. Au minimum. Et tout est comme ça. Il renverse du jus d'orange, hop la tête dans les mains, hop je fais passer tout l'accident dans l'éponge, hop le sourire solaire revient et hop c'est reparti pour un tour.

Parfois même, il répète dans des saynètes inventées, des situations catastrophiques qu'il ponctue par des « ooohhh non » d'une sincérité à la fois comique et bouleversante.

Joie intense, frustration, joie intense, frustration, joie intense… Mon travail consiste à faire en sorte que la chaîne ne se termine jamais par une frustration.

Jusqu'ici j'ai bon.

Que sera sera

Voilà, après des années de bataille, j'ai fini par en gagner quelques-unes.

Noé est entré dans une classe spécialisée au sein d'une école publique.
Oui. Publique.
La Maison du handicap me hait, le rectorat de Paris a des poupées vaudou à mon effigie, mais je m'en fous. Mon fils va à l'école publique.
La fin de l'année est plus qu'hasardeuse. Mais le maître d'école est ouvert et volontaire. Il porte des tee-shirts D&G avec Batman dessus. Donc on croise les doigts et on espère qu'un souffle de nouveauté filtre à travers le costume de super héros de Monsieur F.

L'orthophoniste de Noé s'est formée à une méthode brésilienne* que j'ai dénichée sur Internet. Nous évoluons ensemble. Nous marchons sereinement main dans la main depuis cinq ans. Ça me repose. Ça me fait du bien. Noé, qui sait déjà dire « merci », apprend maintenant à l'appeler par son prénom. Ça aussi c'est un beau merci.

Nous avons découvert un centre de loisirs extraordinaire*. Un Ovni qui fonctionne sur un principe de parité parfaite entre enfants handicapés et enfants du quartier. Activités, sorties, copains… Noé adore ça. Il me confectionne des jardins japonais avec le sable du square, des bâtons de pluie avec des rouleaux de PQ et des igloos en carrés de sucre. Quand je pense que je rêvais d'un collier de nouilles, je me dis que j'avais bien peu d'ambition. Et maintenant si George Clooney veut absolument prendre un café avec moi le mercredi, il faut qu'il sache que je suis libre jusqu'à 18 heures.

J'ai enfin réussi à me coller des œillères. C'est très confortable. J'explique ce que je veux à Noé, où je veux, comme je veux. Je fais ça doucement pour ne pas l'embarrasser mais si ça dérange les adultes ils n'ont qu'à aller voir ailleurs. Et s'ils ont besoin d'un petit encouragement, j'ai juste à dégainer la question piège : « Il y a un problème ? » C'est comme un pétard dans un rassemblement de pigeons. En deux secondes la place est vide.

Après « Maman », nous avons maintenant droit à « Papa » et à plein d'autres merveilles.
Cependant il faut admettre que les longues phrases de Noé ne sont pas encore à la portée de tous. Ce qui lui permet de ne parler qu'avec ceux qui en ont vraiment envie. Nous remarquerons

au passage qu'un grand nombre d'ingénieurs en physique électronucléaire utilisent la même ruse.

Il me dit que le feu est orange, qu'il veut passer par les quais et pas à gauche, qu'il veut un pain aux raisins et pas au chocolat, que les champignons ça pue et qu'il veut regarder Toy Story 3.

Il me demande de monter le volume quand il repère la chanson de Madagascar à la radio, mais il m'explique qu'il y a des gens qui dorment et qu'il serait préférable que je ne chante pas.

Il m'encourage quand je joue au bowling, et a la gentillesse de dire « Strike » même si je ne renverse qu'une seule quille.

Il est parfois un super héros terrassant un dragon, avant de s'envoler vers une lune en fromage, sous les applaudissements d'une foule d'animaux reconnaissants. On le serait à moins.

Il triche aux jeux, maîtrise parfaitement le golf sur son iPhone, et commence à faire des tours de « magie ».

D'autres nouveaux mots arrivent sans cesse, emplissant ses yeux et les miens d'une joie et d'une fierté infinies.

Et puis il me dit qu'il m'aime.

Grâce à la garde alternée j'ai deux fois plus de temps pour sortir le soir et partir à la recherche d'Ornicar. Fantastique.

Mais je n'ai que trente-sept ans.
Tout peut arriver. Tout.

LEXIQUE

ASP : Agence de Services et de Paiements.

ASSOCIATION LOISIRS PLURIEL : Centre de loisirs mixte pour enfants handicapés et non handicapés.
www.loisirs-pluriel.com

AVS : Auxiliaire de Vie Scolaire.

CAE : Contrat d'Accompagnement dans l'Emploi.

CLIS : CLasse d'Intégration Spéciale.

EEG : Électro-EncéphaloGramme.

IME : Institut Médico-Éducatif.
Accueille les enfants et adolescents atteints de déficience mentale présentant une prédominance intellectuelle liée à des troubles neuropsychiatriques : troubles de la personnalité, moteurs et sensoriels, de la communication...

LSF : Langue des Signes Française.
Contrairement à ce que l'on pourrait croire, la langue des signes n'est pas un code universel. C'est une langue vivante, avec sa grammaire et sa syntaxe. Elle varie donc selon les pays.
www.languedessignes.fr

MDPH : Maison Départementale des Personnes Handicapées.

MEDEK : Méthode de rééducation motrice pratiquée principalement à Toronto.
www.medek.ca
Attention : cette méthode n'a rien à voir avec de la sur-stimulation ou du patterning.

MÉTHODE PADOVAN : Méthode de réorganisation neurofonctionnelle venue du Brésil. Le principe étant de revenir aux étapes qui précèdent la parole pour acquérir correctement les bases manquantes qui affectent le langage.
www.padovan-synchronicite.fr/html/accueil.html

MOTRICITÉ FINE : Tout ce qui concerne la capacité à manier avec précision, avec la main, l'index et le pouce. Exemple : tenir un crayon, ouvrir un yaourt, tourner les pages d'un livre, s'habiller seul…

PEI : Programme d'Enrichissement Instrumental. Méthode mise au point par le professeur Feuerstein. Selon Reuven Feuerstein, « toute personne est capable de changement, quels que soient son âge, son handicap et la gravité de ce handicap. Les enfants différents ont simplement besoin d'un surcroît d'attention et d'investissement personnel. »
Mais pour qu'un changement se produise, il faut qu'il y ait médiation humaine. C'est là le deuxième pilier de la pensée du professeur Feuerstein. Le médiateur est la personne qui s'interpose entre l'enfant et le monde, qui interprète pour l'enfant ses expériences, qui réordonne, organise, regroupe, structure les stimuli auxquels l'enfant est exposé, en les orientant vers un objectif donné. Et c'est cette médiation qui crée chez l'enfant la disposition à apprendre.
www.icelp.org

PMI : Protection Maternelle et Infantile. Chaque ville a des centres de PMI qui assurent un suivi médical et psychologique pour les mamans et les enfants.

PPS : Projet Personnalisé de Scolarisation.

Le Livre de Poche s'engage pour
l'environnement en réduisant
l'empreinte carbone de ses livres.
Celle de cet exemplaire est de :
200 g éq. CO₂
Rendez-vous sur
www.editions-stock-durable.fr

PAPIER À BASE DE
FIBRES CERTIFIÉES

Composition réalisée par Maury-Imprimeur

Achevé d'imprimer en avril 2014 en France par
CPI – BRODARD ET TAUPIN
La Flèche (Sarthe)
N° d'impression : 3005151
Dépôt légal 1ʳᵉ publication : mai 2014
LIBRAIRIE GÉNÉRALE FRANÇAISE
31, rue de Fleurus – 75278 Paris Cedex 06

31/7665/8